メディアワークス文庫

おはようの神様

鈴森丹子

目　次

序章

後戻りは出来ない。そんな意志を感じさせる、前進を止めない不揃《ふぞろ》いな足並みの大群。短い袖から肘を出している薄着の者もいれば、手首足首まですっぽりと覆い隠している厚着の者もいる十月の始まり。

雨上がりの朝。所々に水溜《みずた》まりができている歩道を、靴底が濡《ぬ》れるのも構わず先の見えない何かに引っ張られるようにして、皆一様にひたすら進んでいく。その流れの中で動きを止めている影が一つ、眠ったように明りを消している街路灯に凭《もた》れかかっている。

ふと、その頭上を西から吹いた一陣の風が通り抜けた。

「神渡しか。少々気が早いでござるな」

呟《つぶや》いた刹那、気配を感じて振り返る。

「なんと。そこに見えるのは島の神ではござらぬか」

腕を伸ばし、人の流れにゆらゆらと漂っている島の神をひょいっと引き寄せた。

「誰ですかい。あっしを引っ張るのは」

人の波間から引き出された島の神は、落ち着いた重低音で囁《ささや》きながら顔を上げる。

「これはこれは。山の神の旦那じゃござんせんか。ここで会ったが百年目」

「ほう。百年振りか」

その言葉は、百年という長い歳月を感じさせない、なんとも軽い調子だった。

「街で会うとは珍しいな。迷子にでもなったか島の神？」

島の神の濡れた足元にくっついた落ち葉を、山の神がそっと剝がした。

「へい。気分転換に少しばかり足を延ばしてみたら、縁の神に捕まりやした」

「何をしでかしたのだ？」

「何もしちゃおりやせん。だから捕まったんでござんすよ。そんなに暇なら縁でも結んでこいと」

遠い空を映す水溜まりを静かに覗《のぞ》き込《こ》んでいる神様たちは、止まることを知らない人の世の中で風景の一部と化し、誰の目にも留まることはない。

「あっしも神の端くれ。縁の一つや二つ、結んでみせましょう。ぼけっとした顔してどうしたんですかい？　暇なんですかい？　だったら旦那もご一緒にどうですかい」

「それがしぼけてはおらぬ。しかし悩める者あらば、浮遊神とて放ってはおけぬな」

頷《うなず》いた山の神に、島の神は満面の笑みを浮かべると、再び人の流れに身を委ねて去っていく。

見送るようにして眺めていた山の神は、暫《しばら》くしてひょっこりと顔を出したそれと目が合った。

「そこにいるのは山の神さんじゃないのさ！」

「森の神か。久しいでござるな」

流れ続ける人の中からスッと抜け出してきた森の神が、やれやれと首を振る。

「やだねボケちまったのかい？　たった二年前に別れたばかりだろう」

「それがしぼけてはおらぬ。今日は神とようすれ違うな」

「ちょいと乱れてるその頭。神渡しが吹いたんだね」

「うむ。先刻、気の早いどこぞの神が、それがしの頭を掠《かす》めて出雲《いずも》へ渡って行きおったのだ」

晴れ間をのぞかせ明るくなった空を、一羽《わ》のカラスが横切っていく。

「社も名もないフリーランスのあたい達《たち》には関係ないね。それより、山の神さん。あんた島の神さんに会ったんじゃないのかい？」

「如何《いか》にも。森の神も縁結びを頼まれたのか？」

「いいや。島の神さんといえば島から島への渡り神。それがこの街にいるって小耳に挟んだから、飛んできたところだよ。そんな珍しいもの見ない手はないだろう。あの神さんが島を出るのは何時振りだろうねぇ」

「あやつは、いささか世間知らずであるからな。後見を寄越すとは、縁の神も抜かりないでござる」

　森の神は山の神の横に並んで、街路樹が揺れる雁《かり》渡しに湿った道路が乾いていくのを眺めた。

「子守なんて、あたいは御免だよ。島の神さんだって一丁前の神様さ。神の名を捨てないうちは、誰だって神の名に誇りを持ってるんだ」

「ならば帰るのか？」

「帰るって何処《どこ》にだい？　今いる場所があたいらの居場所だろ。仕方ないね。それなら見届けてやろうじゃないのさ」

「さようか」

　どちらからともなく背を向け歩き出した神様たちは、溶け込むようにして人の流れの中へと消えていった。

同居の神様

私は神と呼ばれている。

勿論《もちろん》そんなことはなくて、普通の人間だ。身長百五十九センチてんびん座のA型《がた》。ショッピングとゲームが趣味で、生クリームとフルーツが好物で、仕事は遊園地でアルバイトをしている。どこにでもいる至極普通のフリーター女子。

生まれ持った超人的な能力を身に着けている、だとか。衆に秀でた選ばれし価値を秘めている、だとか。そんなことは全くない。微塵《みじん》もない。何にもない。そんな私がなぜ神なのかって？　私が聞きたいくらいです。

私は職場の遊園地で密《ひそ》かに神と呼ばれているけれど、特別なことなんかしていない。私はただ仕事が好きなだけ。楽しくて、遣《や》り甲斐《がい》があって、スタッフでいることに自信と誇りを持っている。ただそれだけなのに、私は神スタッフなんて呼ばれている。

何が神だ。聞いて呆《あき》れる。二十歳の誕生日に一人で酔っ払って迷子になって、家に帰れなくて夜道にしゃがみ込んで、泣いて吐いて途方に暮れてる。こんな私のどこが神なのか。

自信？　誇り？　そんなものはもうどこにもない。神じゃなくてカスなんだよ私なんて。みんな見ればいいよ知ればいいよ。こんなに惨めな私を神と呼んだ事を恥じればいいよ。

嘘《うそ》です。やっぱり見ないで知らないで。ごめんなさい酔ってるんです。時間がダメならお酒が解決してくれるかもなんて考えたのがダメでした。浅はかでした。

誰もいない、右も左もわからない世界の片隅で夜は更けていくばかり。頼りのスマホも充電が切れて闇に落ちた。どうしてこんなことになっちゃったんだろう。だんだんと冷えていく自分の身体《からだ》を抱きしめながら、帰り道を辿《たど》れない私は今日の、十月十日の記憶を辿り始めた。

始業十五分前。更衣室で着替えたのはいつものコスチューム。ではなくて、しわ一つないまっ白なシャツに紺色のジャケットと、同色の膝下スカート。神木《かみき》尋心《ひろこ》と私の名前が刻まれたネームプレートだけは、いつものように左胸に付けた。肌色のストッキングに黒のパンプスを履いて、しっかりメイクもして、お客様が待つ控室へ向かう私はヤル気に満ちていた。

「おはよう。いよいよだな」

途中で声をかけてきたのは七つ年上の兄の、同級生のレイジ君。斜向《はすむ》かいに実家があって、物心がつく前から一緒にいた。私はもう一人の兄だと思っている。

「おはようございます。八幡《やわた》さん」

足を止めて頭を下げる。ここでは、レイジ君はもう一人の兄ではない。私が所属してるアトラクションエリアのスーパーバイザー、つまりは上司の八幡さんだ。

「初めての事で緊張するかもしれないけど、期待してるよ」

「はい。精一杯務めます！」

八幡さんはすれ違いざま、周囲に聞こえないように声を絞って言った。

「ハッピーバースデー。頑張れよ、ヒロコ」

少しの緊張と大きな望みに満ちた心。そこに応援が響いて鼓舞する。今日は私の、二十回目の誕生日。そして今後の人生をきっと大きく変える勝負の日。大丈夫、私ならきっと出来る。目標に向かって真っすぐに突き進んでいる今の私なら、絶対上手《うま》くいく。

今日は成功という名のバースデープレゼントを自分に贈るんだ。


背筋をピンと伸ばして、堂々と歩いていた今朝の私は輝いていたと思う。尽きない希望を燃料にして、太陽みたいに燃えていた。それこそ、神のように神々しい光を全身から放出していたんじゃないだろうか。

でも。そこまでだった。その時の私は知る由もなかった。その先にあるお客様控室の扉を開けた瞬間、光は闇へ変わることを。燃料が尽きて燃えカスになってしまうことを。

勤務先の遊園地「スーベニールランド」では、今日から新しい企画が始まった。園内でウェディングフォトを撮るサービスだ。開園前や閉園後にお二人様だけの貸し切り時間を作って撮影をする。来年は挙式も想定したレストランが増設予定。その足掛かりになる重要な企画。そのサポートスタッフの一人に私は選ばれていた。

一生に一度の思い出作りのお手伝いが出来る有意義な仕事だけど、だからこそ決して失敗は許されない責任重大な役割り。サポートメンバーは経験豊かな正社員ばかりなのに、アトラクションスタッフのアルバイト二年目である私が選ばれるのは異例の大抜擢《ばってき》だった。人員不足であてがわれたわけじゃない。レイジ君を含む上司の方達《たち》の推薦だった。これは名誉なことであると同時に、正社員を目指している私にとっては、社員登用の推薦枠に入れてもらえる大チャンスでもあった。

好機を逃したくない。レイジ君の顔に泥を塗りたくない。そして何より、数ある素敵なフォトスタジオの中からここを選んでくれた新郎新婦に、ここだけの最高の思い出を作ってほしい。そう願っていた今朝の私は、誠意を尽くそうと張り切っていた。

開園前の撮影プランを頭の中で何度も確認しながら、主役のお二人が待つ控室の戸を叩《たた》いた。そして新郎を見た瞬間、私の頭の中は真っ白になった。

純白のドレスに身を包んだ美しい新婦の隣に、見知った顔があった。ただのそっくりさんであってほしかったけれど、私を凝視している新郎は間違いなく、三年前に別れた元カレだった。

初めて告白した、初めての彼氏。頼もしくて優しかった。ずっと一緒にいられると思っていた。ある日突然振られてしまうまでは。

他に好きな人ができたと彼は言った。ごめんと彼は謝った。悪いところがあるなら直すからと懇願することも、冷酷だ無責任だと糾弾することも出来なかった。受験生だった私は、この悔しさをバネに！　と意気込むことも出来ずに受験失敗。索漠とした気持ちから抜け出せずに、何も手につかない日々が続いた。

このままじゃいけないと、私はある決心をした。それがこのアルバイト。ここは彼と初めてデートをした思い出の場所だった。私は逃げることよりも、立ち向かうことで一気に乗り越えようと敢《あ》えて荒療法に挑んだ。これ以上心が折れることはないと思ったし、レイジ君がいる安心感もあった。

とはいえ、最初はやっぱり辛《つら》かった。どこを見てもあの頃の記憶が蘇《よみがえ》る。彼のことは出来るだけ思い出さないように、私は業務に集中して励んでいた。そして気が付けば仕事が楽しくなって、この場所も好きになっていた。笑顔も仲間も増えて、出勤日数も増えていった。

いつしか私はここで正社員として働きたいと考えるようにまでなって、それが夢になった。元カレの影はすっかり薄れて、ここで働いて良かったと荒療治の成功を確信していた。

しかし思わぬタイミングで、まさかの元カレご登場。私は大いに動揺した。最初は戸惑いの表情をみせた彼だが、新婦に私を「後輩」と紹介した。間違ってはいないけれど。出会ってから二年になると言う、お二人の馴《な》れ初《そ》めを丁寧に語られた。別れた原因の「好きな人」と新婦は、どうやら別人らしかった。

この遊園地は私達《わたしたち》が初めてデートをした思い出の場所なの。微笑《ほほえ》んだ新婦が言う。奇遇ですね私もです。そんな言葉が、自分ではない別の場所から聞こえた気がした。

自分の顔から誠意と笑顔が剝がれ落ちていくのが分かった。撮影に入ると直《す》ぐに社員スタッフから態度を注意されて、分刻みのスケジュールなのに段取りを間違える致命的なミスまで犯した。

それでも何とか無事に撮影は進んで、最後のメリーゴーラウンドへ来た時だった。

馬車へ新婦を誘導する際に、心ここにあらずな私はうっかりドレスの裾を踏んでしまった。新婦は新郎にぶつかったことで転倒を免れたけれど、バランスを崩した新郎はそのまま白馬に激突。時間をかけてセットしたという髪型が乱れてしまった。

同行していたメイクさんがセットを直し、撮影は最後まで行うことが出来たけれど、時間は大幅に遅れてしまい、新郎新婦にも、他のスタッフにも大変な迷惑をかけてしまった。

新郎が「後輩だから」と笑って許してくれたことでクレームには至らなかったけれど、私はこの企画のサポートメンバーを辞退することにした。「初めてで緊張するのも無理ないよ」「誰だって失敗はするから」「元気出して、次も頑張ろうよ」企画責任者に叱られている私を見て、事の顚末《てんまつ》を知った仲間達が次々と励ましてくれた。でも今の私にはそんな優しい言葉をもらう資格もない。クレームを受けてメンバーから外されたほうがマシだった。

抱えた大失敗という名のバースデープレゼント。これ以上紐解《ひもと》くのは危険だ。雁字《がんじ》搦《がら》めになって動けなくなる。反省会は家に帰ってからしよう。もう帰ろう。忌わしい記憶を無造作に結び直して立ち上がる。

帰りたい。でも帰れない。立ち上がったところで迷子なのだ。どうすることもできない。お母さん、お父さん、お兄ちゃん、レイジ君、誰か助けて。辺りを見回しても誰もいない。世界に取り残されたみたいに私しかいない。

もう人じゃなくてもいいです。本当にいるなら神様でもお化けでも何でもいいので助けてください。贅沢《ぜいたく》は言いません。本当にいるなら神様でもお化けでも何でもいいので助けてください。誰か、助けてください！　心で叫んで俯《うつむ》いた。

ふと視線を感じて、そっと顔を上げる。本当にお化けが来ちゃってたりしないよね。背筋をゾクリとさせながら振り返る。誰もいなかった。誰もいないんだけど……。

狸《たぬき》がいた。

目に前に狸がいる。じっとして私を見ている。生まれも育ちもここ東京。狸に遭遇したのは初めて。驚きよりも私は感動していた。祈りが誰かに届いたんだ！

一体誰に？　いいえ誰だっていい。ありがとうございます。この御恩は素面《しらふ》になってもきっと忘れません。心細さを埋めるように、私は狸を抱きしめた。狸は一切抵抗もしないで、私の胸の中にすっぽりと納まっている。じんわりと伝わってくる温《ぬく》もりに嬉《うれ》しくなって歩き出した。するといつの間にか知っている道に出ていた。

「あぁ。良かった。ちょっと遠いけどここからなら歩いて帰れるよ」

ホッとしたら声が出て、狸に話しかけていた。

「今日は最悪な一日だったけど、最後にちょっと救われた」

今日は最高の一日になると信じていた今朝の私。まさかこんなことになるなんて夢にも思っていなかった。

「レイジ君の期待にも応えられなかった。悔しい。悲しい。でも、それよりも一番、元カレの幸せそうな姿を見てショックを受けてる自分に失望した」

家に向かってふらふらと歩きながら、私は狸に今日の出来事を話していた。コンビニの前で談笑していた人達《ひとたち》が、波が引いていくように押し黙って道を開けていく。狸を抱えて延々と独り言を口にしている千鳥足の私は、モーゼのように開けた道を突き進んだ。

「もう大丈夫だと思ってた。完全に吹っ切れたと思ってた。でも、そうじゃなかった」

その後、通常業務に戻ってもミスを連発した私はレイジ君に呼び出されて、一言「お前らしくない」とため息をつかれた。必要以上にものを言わないときのレイジ君は、相当怒っている。言い訳にもならないから、元カレのことは誰にも言わなかった。

「今日の私は、私じゃなかった。自分を失ってたんだ。元カレと再会したくらいで私ではない誰かの隣で、私より幸せな元カレを見たくらいいで」

「今までの私って、何だったんだろう……」

この場所で働いている自分が好きだった。初めて自分に自信が持てた。それが今では、その全てが偽物だったように思えてしまう。乗り越えたと思っていたのに、私はまだ壁の前にいた。辛くて悲しい帰宅途中、見掛けた居酒屋にふらりと入って人生初めての飲酒。気持ちが悪くなって外へ出て、帰りたくなくて適当に歩いて今に至る。道に迷うほど酔った割には、悲しいほどに今日の記憶が鮮明だ。

「もう、何やってるんだろう私。……でも話したらスッキリしたかも。ちょっとだけ気が済むまで話し終えた頃、ようやく自宅に辿り着いた。

「ここが私の家だよ」

住宅街に建つ一軒家。定期的に壁を塗り替えてごまかしているけれど、築年数は見た目以上に古い、私の生まれ育った家。ここで私は両親と三人で住んでいる。玄関以外の電気は消えている。今日の仕事が成功した晩には、レイジ君と食事に行って乾杯する約束だった。勿論、行く予定でいたから帰りは遅くなると伝えていた。娘が夜道で遭難していたなんて夢にも思わない両親は眠っている。起こさないように、出来るだけ物音を立てないように二階へ上がって自室に入った。

床に放した狸は、相変わらずじっとしている。狸ってこんなに大人しい動物なんだね。メイクを落として歯を磨き、エアコンで温めた部屋でパジャマに着替えた。本当はお風呂に入りたいけれど、お風呂場は一階にある両親の寝室に近い。朝が早い二人を起こすのは申し訳ないから、朝まで我慢しよう。野宿寸前だったんだ。家に帰れただけでも大万歳。

「あぁ。ベッドで眠れるって幸せ」

布団にくるまってホッとしたのもつかの間。数時間後の出勤を考えると泣きたくなる。もう、辞めたほうがいいのかもしれない。

「なに？　やめるとな？」

ふいに聞こえた男の声。……気のせいかな。

「そんなに酒臭い体をして、風呂に入るのをやめると申すか？」

気のせいじゃない。私は飛び起きて部屋中を見回した。だけど、誰もいない。いるのは私と狸だけ。

「ねぇ。この部屋、私以外に誰かいる？　いるわけないよね」

頭がクラクラしてる。そうか。私はまだ酔っ払っているんだ。

「それがしがおるでござる」

「狸さんじゃなくてね、なんだか侍みたいな男の声がした……から……」

あれ。今、しゃべった？　この狸。

「それがし狸ではござらん」

いや、狸だよ。でも、しゃべってるよ。狸はしゃべったりしない。と言うことは、
本当に狸では……ない……？

「じゃぁ、あなた何者？」

「それがし神様でござる」

狸が神様だと言い出した。

「風呂に入られよ。酒臭いでござる」

これはまずい。私は自分が思っている以上に酔っている。そう思った途端、心細さから狸を拾ってきた記憶が疑わしくなって、この状況も現実性に欠けていく。私はお酒の魔力によって現れた、ござるとしゃべる妖怪狸に化かされているんじゃないだろうか。

身をもって学んだ。お酒を飲んでもいいことなんてない。もう二度とお酒は飲まない。私はそう誓って布団に潜り込んだ。

◆

また一つ身をもって学んだ。二日酔いは地獄だ。

シャワーを浴びてもスッキリしない。寧《むし》ろグッタリ。こんな時に絶大な助言を授けてくれる看護師と薬剤師の両親は、もう既に仕事へ出かけてしまった。ひどく痛む頭の中に、昨日の出来事がこびり付いている。頭痛薬では治りそうにない。

しっかりしないと。今日もバイトがある。本音を言えば休みたいけれど、これ以上迷惑はかけられない。社員の夢はまだ捨てたわけじゃない。チャンスも、きっとまた来るはず。

何とか気持ちは立て直せたけれど食欲は湧かなくて、お父さんが作ってくれた朝食には手を付けられなかった。トートバッグを肩にかけて家を出る。バス停までの三分の道のりが、今朝はやけに長い。

バスに乗ると空いていた前席に座った。乗客は制服姿の学生が多い。そうでない人達の半数以上は私と同じ、スーベニールランドの従業員だ。

「大丈夫ですか？」

ふいに、窓側に座る隣の男性から声をかけられた。

「もしかして、気分が悪い？」

学生ではない。年は私より少し上かな。ラフなジャケットにリュックを背負っている。スーベニールランドの従業員にも見えるし、この先にある高校の教師にも見える。

「大丈夫です。ありがとうございます」

そんなに気分が悪そうに見えるのかな。確かに顔色は悪いと思う。頭が痛いし、気持ちが悪いのにお腹《なか》が空いている。お味噌汁《みそしる》だけでも飲んで来ればよかったな。

「えっと……。実は二日酔いで」

余計な心配をさせても申し訳ない。私は正直に答えた。呆れているのか、どうなのか。男性の顔はずっと、目が瞬きする以外に動きがないから全く読めない。

「運がいいね」

男性はそう言うと徐《おもむろ》に身を屈《かが》めた。見ると足元に置かれた、小脇に抱えられるサイズの段ボールに手を突っ込んでいる。男性はそこから一個の柿を取り出して私に差し出した。

「実家から送ってきたんだ。みんなに分けようと思って持ってきた。おひとつどうぞ」

「……ありがとうございます」

運がいいとはどういう意味だろう。それにしても美味《おい》しそうな柿。気持ちが悪くてもこれは食べられそう。喉がゴクリと鳴った。どこのどなたか存じませんがこの御厚意、遠慮なくいただきます。

両手でしっかりと柿を受け取ると、男性は無表情のまま頷いて、瞬《まばた》きしかしない目を車窓に移した。その後は会話のやり取りもなく、私と同じスーベニールランド前の停留所でバスを降りた男性は、従業員が出入りする管理棟へ入っていった。高校教師ではなかった男性の背に向かって軽く一礼をしてから、私も後へ続いた。

真っ先に給湯室へ行って、柿の皮をむいて食べた。なんて甘くて美味しい柿！　エネルギーのエンプティランプを光らせていた身体が、甘味な補給に歓喜しているのを感じる。何だか体調も良くなってきた。ありがとうございます、柿の人！　昨日は大失敗しちゃったけれど、今日からまた頑張って名誉挽回《ばんかい》します！

とは言ったものの。

「おいおい神木さん。いくらハロウィーンイベント期間だからって怖すぎだろ。その張り付いた能面みたいな笑顔」

担当するエリアにあるライドアトラクションの清掃、立ち上げ、試運転を終えて朝のミーティングに集まった時、レイジ君がお化けでも見るような目で言った。それはきっと、ここにいる仲間達全員が思っていて、でも口には出せなかったこと。私の昨日の大失態を知っているみんなが、まだじくじくと痛むだろう傷口に触れないようにと気を遣ってくれているのが分かる。

笑顔でいるつもりなのに、上手く笑えていない。コスチュームのカボチャの帽子の方がよく笑えている。こんな状態でちゃんと接客が出来るだろうかと不安になった。こちらがどんな状況であろうと、楽しい時間を過ごすために来てくれた来園者には関係がない。ちゃんとしなくちゃと自分に活を入れて迎えた開園時間。

しかしまもなく、幸せそうなカップルを見るたびに、元カレの顔がちらついて表情が強張《こわば》っていく。道を聞かれて答えただけで、私の顔を見たカップルが逃げるように去っていった。

「それ笑ってるの？　怒ってるの？」

私の様子を見に来たと言うレイジ君が、やれやれと顎を掻《か》いた。困った時によくやる癖だ。

「笑顔が評判の神スタッフ神木さんが、まるで別人だな」

「すみません。こんな顔しかできないんです。……笑えないんです」

傷の具合は思った以上に深刻だった。隣のメリーゴーラウンドが視界に入るだけで、傷口が開きそうになってぐっと胸に手を当ててしまう。

「八幡さん。どこか、ヘルプ要請来てませんか？」

受付、物販、食堂など、時間帯によって客数が変動するエリアでは、人員不足が発生すると比較的人員の多いアトラクションスタッフに手助けの要請をする。先月はお土産コーナーの品出しの手伝いに行った。少しだけでいい。一旦ここから離れないと、この引《ひ》き攣《つ》った顔は元に戻りそうにない。

私は昨日の失敗を大きく引きずっていることを正直に打ち明けて、一時的のエリア異動を頼んだ。元カレのことは、言わなかった。レイジ君は思案するように私を見ながら、やがて南の方角をゆび指した。

「団体予約が入っているサウスレストランから来てる。忙しくなるぞ。大丈夫か？」

園内にはいくつかのフードワゴンと、東側にカフェ、南側にレストランがある。ヘルプに行ったことはない場所だけれど、私は即座に「行かせてください」と懇願した。

「分かった。今すぐ行ってくれ」

私はぺこりと頭を下げてすぐに向かった。このままじゃクビになってしまう。恋人を失ったのがきっかけで今の夢を得た。ここで正社員になるという夢を、その元カレに奪われてたまるか。私は焦りながらずんずんと南下した。

起死回生の策を講じなければ。そんな思いでやってきたサウスレストラン。ホールは満席で目の回るような忙しさ。そんなレストランスタッフと同じハンチングにエプロンを身に着けた私は、広い厨房《ちゅうぼう》の隅で食器や調理器具を洗っていた。洗った物を機械で乾燥させて、あるべき場所へ戻す。これを黙々と三時間繰り返した。作業に集中していたお陰で、元カレという邪念から解放されていた私の顔は、少しだけ解《ほぐ》れていた。

ここで私は見覚えのある後ろ姿を見つける。ようやく落ち着いて談笑が交じり合う和やかな厨房の中で、一人の男性スタッフに目が留まった。

「みんな。柿があるから、好きな人はもらっていって」

そう言って振り返った顔は間違いなく、あの柿の人だった。ありがとうございまーす、とあちこちから声が上がる中で目が合った。来た時には既に厨房内は慌ただしくて、スタッフ全員に挨拶なんて出来なかったから気が付かなかった。

「ヘルプで来ました、アトラクションの神木です。今朝は美味しい柿を、どうもありがとうございました」

いよ」

「調理師の谷城《やしろ》です。柿の栄養素は二日酔いの緩和に効果的なんだ。覚えておくといいよ」

もうお酒はこりごりだけど、戒めのためにも覚えておこう。

「神木さんは手際が良くて助かるよ。この後もよろしく」

谷城さんは相変わらず表情が読めないから、本心なのか社交辞令なのか分からない。

「はい。頑張ります」

私は一時間の休憩を取った後、早退したスタッフの穴埋めに退勤時間の午後五時までお皿を洗い続けた。単純作業の割には体力を使う仕事で、終わった頃には両手首や腰が痛かった。

だけど絡みついてモヤモヤしていた気持ちも、ごわついて仕方がなかった顔も随分と良くなった。洗い流してサッパリとまではいかなくても、拭いてスッキリとした感じ。しっかり者に見えて実は心配性のレイジ君は、今朝の私を見てきっと気を揉《も》んだ事だろう。心配かけて申し訳なかったけれど良《い》い気分転換になったたし、柿の人……じゃなかった、谷城さんに会えて改めて柿のお礼も言えて良かった。

帰宅したのは午後九時過ぎ。明かりが灯《とも》る自宅では、お母さんがお風呂で鼻歌を響かせ、お父さんがリビングでカメに話しかけていた。

「おかえり尋心。あれ、礼二《れいじ》君は？　送ってもらったんじゃないのか？」

「明日は早番だからって、もう帰ったよ」

レイジ君と飲もうと思っていたらしいお父さんは、残念そうに一人でビールを飲みだした。

「そうだ、お父さん。今日の朝ごはん残しちゃってごめんね」

すると、サラダをつまんでいたお父さんが「何を言ってるんだ」と笑い出す。

「寝ぼけてたのか？　ちゃんと食べて後片付けまでして行っただろう」

へ？　と首をかしげたところに、お母さんがお風呂から出てきた。

「おかえり尋ちゃん。昨日は遅かったのに、お風呂掃除してくれたのね。隅々までキレイになって、気持ち良かったわぁ」

ん？　と今度は眉根を寄せる。朝食を食べた覚えも、お風呂を掃除した記憶もない。

両親がでたらめを言っているようには見えなかった。いったいどういう事だろう。

二階へ上がって自室に入った私は、また首をかしげた。今朝消して行ったはずの電気が点いている。消し忘れたのかな。今朝はグタグタだったし。

「おかえり」

「ただいま……」

って、誰⁉　声にならない悲鳴を上げながら、私は一匹の狸を凝視していた。

クッションの上で寛《くつろ》ぎながら、ノートパソコンで動画を見ている、狸がいる。

「寿司《すし》を食べて参ったな」

「な、何で知ってるの？」

退勤時間が同じだったレイジ君が、一日遅れの誕生日祝いに寿司屋へ連れて行ってくれた。レイジ君は昨日の私の失敗を詰《なじ》ることはしなかった。慰める言葉も言わなかった。ただ私の小さかった頃の話なんかをして笑っていた。

放っておくけど、放っておけない。そんな心配の裏返しであるレイジ君の優しさはワサビよりもツンときた。回転じゃない、しかも高級感があるお店で緊張したけど、お寿司はとても美味しかった。って今はそんなのどうだっていい。

「お嬢の顔に書いてあるでござる」

「そんなバカな……」と言いつつ、姿見鏡を覗き込む。勿論、顔にそんなことは書かれていない。自分が手に持っている物に気付いて「これか」と察した。

「土産とは気が利くではないか」

狸はレイジ君が持たせてくれた寿司の折詰めを、あげるとも言っていないのに私の手から奪っていく。本当は両親へのお土産なんだけれど、妙なことを言われたものだからすっかり渡しそびれてしまった。

「では。ご相伴にあずかろう。いただきます」

クッションの上にきちんと座り、テーブルに置いた寿司に向かって行儀よく手を合わせると、小さな獣の手で器用に割りばしを使って食べはじめた。私は呆気《あっけ》に取《と》られてそれを見ていた。

今日はお酒なんて一滴だって飲んでいない。なのにどうして昨夜の、お酒の魔力で引き出された妖怪狸がまだ消えないでいるのか。

「あ、あの……狸さん？」

「それがし神様でござる」

「……言いにくいんですけど、狸にしか見えないよ」

「神様にござる。山の神にござるぞ」

やっぱりそうだよね。山から出てきた狸だよね。でもどうして人の言葉を話すの？

脳裏に浮かんだのは、カメに一人語りかけているお父さんの姿。本人曰《いわ》く、独り言ではなく意思疎通を図った会話を交わしているのだと言う。そしてそれをお母さんは妄想だと笑う。これも私の妄想会話なんだろうか？

「昔、有名なお爺《じい》さんが柴刈《しばか》りをしたと語り継がれる、名高い山の神様にござる。ところでお嬢よ。マヨネーズはないのか？」

「有名な？　え？　マヨネーズ？」

「寿司にはマヨネーズであろう」

「トロウニイクラにかけるの？　マヨを？」

「至極当然にござる」

「あり得ないでしょ」

あり得ない。突如浮上した昔話の疑問が、高級寿司にマヨネーズで吹っ飛んだ。こんな突飛な妄想、凡人の私に出来るわけがない。

「そうであろう。醬油《しょうゆ》はあるのにマヨネーズがないなど、全くあり得ぬ」

ぶつぶつと文句を言いながらも、箸が止まらない狸は頬張る度にうっとりしている。

「それを食べたら、帰ってもらえますか？」

「なんと殺生な。それがしの山を切り崩したのは欲深い人間どもであるのに。何処へ帰れと申すか」

「魔界、とか？」

「何処だそれは」

「住処《すみか》を奪った欲深い人間どもを恨んでて、復讐しに来たの妖怪狸さん」

「それがし妖怪でも狸でもござらん。恨んでどうする。住処など自分で決めれるでござる」

お寿司をすっかり完食して、満足げに「ごちそうさまでした」と手を合わせた狸は、そのままクッションの上にごろりと寝そべった。

「まさかとは思うけど。ここに住み着こうとか、してないよね」

「いかにも」

平然と答える狸。住み着く気満々だ。

「泣きそう」

「さようか。鼻水はしかとティッシュで拭くでござる」

狸は尻尾をバットみたいに振って、ティッシュを箱ごと打った。ボールみたいに飛んできたそれをキャッチした私だけど、困り果てて涙も出ない。動物は好きだし、まだ子供だと思うこの狸もよく見れば可愛《かわい》い。でもしゃべったらダメでしょ。こんなのはもうお化けでしょ。通報も出来ないでしょ。

「何処か、他所へ行ってもらうのは無理ですか？」

「今更何を申すか。それがしをここへ連れてきたのは誰だ？」

「……私です」

「昨夜、助けて〜と、それがしを呼んだのは誰だ？」

右も左も分からない夜道で『神様でもお化けでも何でもいいので助けてください』と祈るように胸中で叫んだのを思い出す。

「……私です」

呼んだのも、連れてきたのも私。そして確かに迷子の窮地から助けてもらった。帰る場所がないというこの狸を、追い出すなんて無責任は出来ない。

ここで保護するしかない。うとうとし始めた狸のお腹に、お気に入りのひざ掛けをかけてやった。

「では朝餉《あさげ》まで眠るでござる」

「あさげって、朝ごはんの事？」

そこで思い出した父の言葉。

「ねぇ。もしかして、今日の私の朝ごはん食べた？」

「美味であった。気分よく朝風呂に入れたでござる」

「お風呂に入ったの？」

そこで思い出した母の言葉。

「……朝ごはんは後片付けがしてあって、お風呂はピカピカに掃除されてた。でも私はやってない。これってどういう事？」

「それがしがやったに決まっておろう」

「………………」

いくら言葉が話せて箸も使える人並みの器用さを持っていたって、こんな小さな狸がキレイ好きのお母さんを上機嫌にさせる程の掃除、出来るわけがない。

「その目。信じてなかろう」

「普通に考えたら無理でしょ。……この状況がもう普通じゃないけど」

「神様に無理などないでござる」

そう言うと狸はひざ掛けに包《くる》まって寝てしまった。これがホントの狸寝入《たぬきねい》り。なんて言ってる場合か。でも狸が言う通り、今更追い出すわけにはいかないし。もう飼うしかないんだろうな。

仕方がないと半ば諦めてお風呂に入る。浴室は本当にきれいだった。築二十三年の我が家は、お母さんのお陰でなかなかきれいな状態を保っている。でも今は、壁や床、湯船のふたに至るまで一切の汚れがなくて不自然なくらいだ。掃除のプロでも呼んだみたい。でも、勿論私は呼んでいない。私が呼んだのは……。

心当たりはあの狸しかいない。一宿一飯のお礼に妖術でも使ってキレイにしてくれたんだ。そういうことにしておこう。こうして私と狸、ではないらしい神様？　との同居生活は始まった。

◆

同居二日目。のはずが、目が覚めると部屋に狸の神様の姿がない。神様が寝ていたクッションのそばには、ひざ掛けがキッチリと折りたたまれて置いてある。もしかして出て行ったのかな。

「おはよう」

ホッとしたのもつかの間。ダイニングテーブルに神様はいた。

「お、おはよう」

いつも一人で朝を迎えるこの家で、このフレーズを口にしたのは久しぶりだ。声を発したせいか頭が働きだして、朝靄《あさもや》が晴れていくみたいに視界がスッキリしていく。テーブルには空っぽのお皿とお椀《わん》が並び、神様の口周りは汚れていた。あれはマヨネーズかな。

「あぁ。全部食べちゃってる」

「無論。用意された膳は残さぬ」

「それはお父さんが、私に用意したの」

「次からは二人分作るよう、父上に頼むでござる」

「それは無理」

ため息交じりに食器を片付けながらキッパリと首を振る。

「狸さんのことは、親には内緒にしなくちゃいけないの」

お母さんは動物が苦手だし、お父さんは犬猫アレルギー。狸も例外ではないかもしれない。

「それがし神様でござる」

「神様でもダメです」

神様でも妖怪でも、見た目がもうがっつり狸だからアウトです。

「この家には私と両親の三人で住んでる。兄が一人いるけど、遠くで一人暮らしをしていて滅多に帰ってこない。両親は朝六時から夕方五時までは仕事に行ってる。二人が家にいる時は私の部屋から出ないでね。見つからないようにして、絶対に」

「神は逃げも隠れもせんでござる」

「見つかったら狸鍋にされるかも」

「息も殺して隠伏するでござる」

「そこまでしなくてもいいけど」

冗談で言った脅しが、気の毒になるほど効いている。

今後は大盛にしてもらって一緒に食べるようにしよう。満足げにお腹をさする神様を横目にグラスに注いだ牛乳でお腹を満たし、身支度をして家を出た。


やっぱり牛乳一杯じゃ足りない。遊園地前には、よく行くコンビニがある。そこで朝ごはんを買おうと考えながらバスに乗り込み、空いていた席に座った。隣の窓側の席、見覚えのある靴に目が留まってそのまま視線を上げた。本を読んでいる横顔が、私の視線に気が付いて振り返る。やっぱりだ。

「おはようございます。谷城さん」

そこに座っていたのは、昨日お世話になったレストランの谷城さんだった。

「おはようございます。神木さん」

谷城さんはゆっくりと瞬きをした。表情は硬いけれど、声や仕草は柔らかい。せっかく知り合えたんだからもう少しお話してみたいけれど、読書の邪魔しちゃ悪いと思って口を噤《つぐ》んだ。

しかしお腹が黙ってくれなかった。ぎゅるりと鳴った私の腹の虫に、谷城さんが再び本から顔を上げる。

「す、すいません。実は朝ご飯を食べ損ねてしまって……」

二日酔いの次は腹ペコ虫。私の印象、可愛くないなぁ。自分でも呆れて苦笑いを浮かべると、谷城さんが徐《おもむろ》に背負っていたリュックを膝に乗せた。

「神木さんは運がいい」

聞き覚えのある言葉を口にした谷城さんは、リュックから黒いミニトートバッグを取り出すと私に差し出した。

「弁当。あげるよ」

「……それは、谷城さんのランチでは？」

「今日の昼は、来月から出すクリスマスシーズン限定メニューの試食会があるんだけど、いつもの癖で作ってしまってね。もらってくれると助かる」

美味しい柿の次はコックさんの手作り弁当。これは確かに運がいい。助かるなんて言われても、本当に助かるのは私の方。連日こんな施しを受けてしまって良いのかな。

「遠慮しないで。朝食を抜くのは良くないよ」

「で、では。遠慮なくいただきます。ありがとうございます」

人のご飯をねこばばする狸よりも、恵んでくださる谷城さんの方がよっぽど神様だ。

バスを降りた私は、今日も谷城さんの背中に向かってこっそり一礼をした。


早速、まだ誰もいない休憩室でお弁当を広げた。大きめのお弁当箱に、彩りよくぎっしりと詰まったおかずやおにぎり。肉が多い。でも野菜もしっかり。おにぎりが大きい。栄養もボリュームも満点。男のお弁当って感じがする。あまり時間もないし、半分食べて残りはお昼に食べよう。

なんて思っていたのに完食してしまった。美味しくて箸が止まらなかった。空腹だったのもあるけれど、流石《さすが》はコックさんの料理。もっと時間がある時によく味わって食べたかった。急いで更衣室へ行きコスチュームに着替える。ベルトがいつもよりきつい。

ギリギリの時間でタイムカードを切って業務開始。

「あれ神木さん。なーに朝からため息なんかついてんのー?」

回転ブランコの試運転中、通りかかったレイジ君が私の顔を覗き込んだ。

「ちょっと苦しくて……」

「お、おい。大丈夫か?」

「朝ご飯、食べ過ぎちゃいました」

「元気じゃん」

美味しいお弁当のお陰で元気です。ちょっと苦しいお腹の底から元気が漲《みなぎ》ってくる。

「八幡さん。私、頑張ります」

まだ上手く笑えていないのは分かっている。昨日、レイジ君が私のためにレストランからのヘルプ要請を引き受けたことも、退勤時間を私に合わせてくれたことも分かっている。昨日は頑張れなかったけれど、私の夢をまだ信じてくれているレイジ君のためにも、私はまだまだここで頑張りたい。今度こそ元カレのことを忘れて、乗り越えて、自信と希望を取り戻すんだ。

「長いトイレはオープンの前に行っておいてねー」

それセクハラですよ、と仲間に突っ込まれて口を尖《とが》らせたレイジ君。そのままゴリラの顔マネをして笑いを取りながら去っていく。その横顔には安堵《あんど》が滲《にじ》んでいた。

午前十時のオープンから沢山の来園者で賑《にぎ》わう、家族連れが多い土曜日。最も人気が集中するジェットコースターではすぐに待ち時間が発生し、長蛇の列ができる。込み合ったキューラインの整備をしながら、身長制限に満たない子供がいないか確認。

乗り場付近でチケットを受け取りながら利用人数をカウントし、手荷物置き場を案内したのち席へ誘導して安全確認。運転室でアナウンスを流してライドを発進させる。窓から手を振って乗客の高揚や緊張を和らげるのも忘れない。緊急時には停止させる必要もある。いち早く対応できるようにモニターで常にライドを監視。

物を落とした、子供が泣いた、具合が悪くなった等《など》のハプニングもよくあるから、見逃さないように帰ってきた乗客に手を振りながら様子を窺《うかが》う。忘れ物がないかを確認しながら降り場まで見送る。

仲間とポジションを交代しながら業務に専念する。しかし背丈が似ている人を見掛けると、どうしても元カレの姿が心の隙間に見え隠れする。その人の隣にきれいな女性がいると、あの日の失敗を思い出してしまう。

どうせ思い出すなら他のことにしよう。例えば、コックさんのお弁当。美味しかったな。でもやっぱり食べ過ぎたな。まだ少しお腹が苦しい。いつもの朝ごはんの二倍の量はあった。よくあんなに食べれたもんだと自分で呆れて笑えてしまう。

「お待たせしました。二名様ですね。チケットをお願いします」

あ。今ちょっと作らずに笑えたかも。

勤務を終えると、給湯室で洗ったお弁当箱を持ってサウスレストランへ急いだ。裏口から中へ入ったところで、休憩室から出てきた谷城さんを見つけて駆け寄る。

「お疲れ様です、谷城さん。お弁当、ありがとうございました」

「今思えば女の子にあげる量じゃなかったね」

空っぽのお弁当箱が入ったミニトートバッグを受け取る谷城さんは、そう言って笑ったように見えたけれど、実際は瞬きする目としゃべる口以外は動いていなかった。

「それが一度に全部食べちゃいました」

「意外と大食いなんだね」

「もうお腹パンパンで苦しかったですよ。でも美味しいから止まらなかったんです。おかげでエネルギー満タン！　一日元気に働けました」

「それは良かった」

「ごちそうさまでした。本当に美味しかったです。あぁ。また食べたいなぁ……」

思い出したらよだれが出そうになった。それは食い止めたのに、代わりに心の声が口から出てしまっていた。食いしん坊か。笑ってごまかす私に、谷城さんは表情一つ変えずにこくりと頷いた。

「いいよ。また持ってくる」

「ち、違いますよ。それくらい美味しかったとお伝えしたかっただけで、あの、そういう意味ではありません。決して催促したわけでは」

「以前は弟の分も毎日作っていたんだ。やっぱり自分だけじゃなくて、他の誰かにも食べてもらえる方が作り甲斐《がい》があるからね」

「い、いえ。えっと……」

そんな図々《ずうずう》しいこと、流石に頼めません。でも自分から言っておいてお断りするのも失礼になってしまう。どうしよう。なんて言おう。言葉を選んでいるうちに谷城さんは「それじゃ、お疲れ様」と、厨房へ入って行ってしまった。

ついポロリと出てしまったとはいえ、余計なことを言ってしまった。あれじゃ「おかわり」と言ってるようなものだ。恥ずかしい。反省しながら家路を急ぐ。家には本物の食いしん坊がいる。両親に見つかっていないか心配だ。

家に着くと、両親は夕食を食べ終えたところだった。普段と変わりない様子。良かった。神様はちゃんと隠れているみたい。

「尋ちゃん。今日もお風呂掃除してくれてありがとう。先に入らないの？」

「う、うん」

神様は今日も掃除をしてくれたんだ。親を騙《だま》しているみたいで何だか申し訳ない。

今度私も掃除しよう。いつもなら夕飯の前にお風呂を済ませるけれど、お腹を空かせた神様が一階へ降りてきてしまう前にご飯を持っていこう。茶碗《ちゃわん》にモリモリと盛った白米、お椀一杯に注いだお味噌汁、残っていた唐揚げ、かぼちゃの煮物、千切りギャベツを全部トレーに乗せる。たっぷりお湯を注いだ急須と湯飲みも乗せる。

「やだ尋ちゃん。いくらお腹が空いてるからってそれは食べ過ぎよ」

隣で食器を洗っているお母さんが驚いて手を止めた。

「……大丈夫。お願いがあるんだけど、明日から朝ご飯も大盛りがいいな」

「……まるで高校時代のお兄ちゃんみたい。よく噛《か》んで食べなさいね」

ドキリとしながら、重たいトレーを両手でしっかり持ち上げる。

「自分の部屋でゆっくり食べるから」

零《こぼ》さないよう慎重に二階へ運ぶ私の後ろで、お父さんが「食欲の秋だな」とカメに話しかけていた。

「ただいま狸さん」

部屋に入るとそこは真っ暗だった。

「それがし神様でござる。おかえり」

電気を付けると、カーテンの隙間から神様が出てきた。

「両親は部屋には入ってこないから、そこまで隠れなくても大丈夫だよ」

「星を眺めておったのだ」

テーブルに夕食を置くと、神様はいそいそと運んできたクッションの上に座った。こっそり持ってきた茶碗とお椀に神様の分を取り分け、湯飲みと箸を渡す。

「それ、お兄ちゃんのだから大事に使ってね」

トレーに乗らなかった調味料は、パーカーの右ポケットに入れてきた。

「私、キャベツにはソースなんだ」

「マヨネーズは無いと申すか！」

左ポケットからマヨネーズを出してみせると、お怒りだった神様はホッとしたように手を合わせてから、マヨネーズをキャベツにかけ回す。

「……ちょっと、かけすぎだよ」

ご飯におかず、お味噌汁にまでかけ回す。それをもぐもぐと美味しそうに食べている。

「……嘘でしょ。やりすぎだよ」

マヨ色に染まった神様の夕食。食べてもないのに口の中が酸っぱくなる。ここまでマヨ好きだとは思っていなかった。私は何を見せられているんだろう。食欲が無くなっていく。

「お嬢。箸が止まっておるぞ。いらぬのなら食ってやろう」

「食べるよっ。食べるから私のご飯にまでマヨネーズをかけようとするのはやめて」

恐ろしい魔の手から守った唐揚げを頬張る。

「んー。谷城さんのお弁当も美味しかったけど、やっぱりお父さんの唐揚げは最高」

「ヤシロとは何者だ？　弁当屋か？」

「コックさんだよ。私が働いてる遊園地にあるレストランの」

「ほぉ。お嬢が振られた男と再会したと申しておった、あの遊園地のでござるか」

そうだ。神様を拾った夜、私はまさかこの狸が言葉を理解するとは思わずに、あの日の出来事を包み隠さず話していたんだった。

「……そうだよ。でも忘れる。今度こそ忘れる。レイジ君も応援してくれてるし、今日は谷城さんのおかげで元気に乗り切れた。これからだってきっと大丈夫……」

「どうしたお嬢。また箸が止まっておるな」

かけるぞと言わんばかりに神様がマヨネーズを構える。私は慌てて食べながら、谷城さんのことを考えていた。図らずもお弁当のおかわりをしてしまった。優しい谷城さんはきっとまたお弁当を作ってきてくれるに違いない。

「やっぱり図々しいよね。ご慈悲のおかわりなんて」

気が付けば私は、事の全部を神様に話していた。レイジ君にも話せないあの日の出来事を知っている神様だ。これ以上隠すこともない。

「でも連絡先知らないから、今更何ともならないんだけど」

「嫌ならそれがしが代わりに食うてやるでござる。マヨネーズは付いておるのか？」

「嫌じゃないし、ペットにあげるとか失礼すぎる。マヨネーズは付いてませんから」

「ペットではござらんもぐもぐ。それがし神様でござるごっくん」

食いしん坊妖怪マヨ神様狸はあっという間に自分のご飯を平らげて、私の唐揚げを二つ盗んでいった。そして非難する間もなく食べてしまった。この食いしん坊妖怪マヨ神様泥棒狸め。長いわ。

「向こうが良いと言っておるのだ。有難《ありがた》く頂戴すれば良い」

「頭ではそうするしかないって分かってるんだけど。知り合ったばかりなのにもらってばかりで、遠慮というよりは後ろめたさみたいなものがあって。でも、せっかくのご厚意だもんね。そうするよ」

誰かにそう言ってもらえると安心して、素直になってもいいと思えるようになる。昨日まで名前も知らずに「柿の人」なんて呼んでいた人だった。赤の他人同然の人から、こんなにも良くしてもらったことなんて今までなかったから不安だったんだ。

「ところで。さっきから何してるの？」

食事を終えた神様は、私のベッドに上っていた。ごろごろするつもりだろうと思っていたけれど、布団やシーツの皺《しわ》を伸ばしたり、四隅を丹念に整えたりしている。

「うむ。クッションは柔らかすぎるのでな。今日はこの寝床で休むでござる」

「ちょっと待って」

一緒に寝るつもり？　寝返りを打って神様を押しつぶしてしまう光景が瞬時に浮かんだ。無理。目覚めたら狸の変死体があるなんて、そんなの絶対無理。トラウマは元カレだけでもう充分。

「ダメだよ。人一人が寝るのに丁度いいサイズなんだから」

首を振る私に、神様はでーんと仁王立ちになった。

「人間になれば良いのだな？」

「え。なれるの？」

「容易《たやす》い」

「さすがは妖怪」

「神様でござる」

尻尾を一振りした神様はどこからか一枚の葉っぱを取り出した。それを頭に乗せると、ぽっこりとしたお腹を三回、リズミカルに叩く。次の瞬間神様は消えた。そして代わりに一人の男が私のベッドに座っている。

「……狸さん？」

「神様でござる」

やっぱりその声は神様。狐《きつね》につままれるとは、きっとこんな時に使う言葉なんだろう。狸だけれど。

確かに人間になると言った。しゃべるくらいだから本当に人になれるんじゃないかと思った。しかし意外な展開に呆然《ぼうぜん》としてしまう。

「お嬢。いかがした？」

「……訳が分からない」

声相応の、私と同い年くらいの神様はデニムパンツを履いた足を組み、長めの茶髪から覗《のぞ》いているピアスと、首のネックレスを光らせている。

「思ってたのと違いすぎて混乱してる。今更な気もするけど」

よく見ると白いシャツが似合う爽やかなイケメン。

「どういう事？　ござるござる言っておいて普通の男の子ってどういう事？」

「男の子ではござらん。神様でござる」

神様っぽくはない。狸っぽくもない。想像していた侍でもないし忍者でもない。食いしん坊妖怪マヨ神様泥棒狸改め、イケメンござる男子。個性が散らかりすぎていて、もう収拾がつかない。

ちょっと待って。私、神様を連れてきた夜。ここでパジャマに着替えなかったっけ。神様の前で真《ま》っ裸《ぱだか》にならなかったっけ。

「これで問題はあるまい。では。おやすみ」

顔から火を噴きそうな私を他所に、神様がベッドで横になる。

「わ、私はどこで寝るの？　布団それしかないんだからね」

「ならば一緒に寝るでござる」

「そこをどいてよエロ狸めっ」

神様に向かって力任せにマヨネーズをぶん投げた。標的は外したけれど、ポコっと壁に当たって跳ね返ったそれを、慌てて追いかけてキャッチした神様はベッドから転がり落ちて狸の姿に戻った。

そのまま床で寝ればいい。と言いたいのをぐっと我慢して押し入れを開けた。来たる真冬に備えて用意しておいたもっこもこの毛布を取り出し、ふわっと広げる。

「お嬢。何をしておるのだ」

「これを折り畳めば。じゃーん。神様のベッド完成！」

「何がじゃーんだ。神様にこんな即席で寝ろと申すか」

昨日はクッションで寝てたくせに何を申すか。

「この家で一番ふかふかの特別なベッドですよ」

「うむ。寝るでござる」

すんなりと受け入れた神様は毛布の上に寝そべると、全身でもこもこふかふかを心ゆくまで味わってから、とろりと目を閉じた。これでベッドは死守できたけれど、真冬まで居座られたらどうしよう。

◆

同居三日目。この日も目が覚めると、部屋に神様の姿はなかった。嫌な予感がした私は急いで一回のダイニングへ降りた。

「おはよう」

あぁ、やっぱり。嫌な予感は的中。神様は朝ご飯を食べていた。

「おはよう、じゃないよ。どうして一人で食べちゃうかなぁ」

「一人分しかなかったぞ」

きっと大盛りで作ってくれていたであろう朝ご飯は、もう見る影もない。一人で食べないように注意するのを、昨夜の混乱ですっかり忘れていた。

またバスの中でお腹が鳴ったら困る。ヨーグルトとバナナを見つけて食べる私の後ろで、いつの間にか人間になった神様が食器を洗っている。コップの底、お皿の淵《ふち》までキュッキュとしっかり洗う音がお母さんのそれと似ている。

身支度を終えると、神様はお風呂場で人間のまま掃除をしていた。一番風呂に入るのだと言って、鼻歌をうたいながら床を磨くご機嫌な神様を残して家を出る。今日も神様が親に見つかりませんように。祈るように振り返ったリビングの窓。レースのカーテン越しに観葉植物のパキラが見えた。あれ？　葉っぱが減っているような……。

いつものバスに乗り込むと学生がいない空いている車内に、谷城さんが乗っていないのはすぐに分かった。変則的な勤務体制の職場だ。いつもの時間に会えるとは限らない。

「そこの神スタッフー。あなたよ神木ちゃん！」

更衣室に入る直前、声を掛けられた。全スタッフのコスチュームの管理や洗濯、貸し出しをするワードローブカウンターで顔なじみの女性が手を振っている。おはようございます、と頭を下げる私に女性が手招きをするので駆け寄った。

「レストランの谷城って男の人、知ってる？　これを渡すように頼まれたんだけど」

そう言って、小さく折りたたまれたメモを差し出す。お礼を言って受け取り、何だろうとメモを開くと、そこには一言「休憩室に弁当」と書いてあった。

私は急いでコスチュームに着替えて休憩室へ向かった。

「おー。早いな神木さん。おはよう」

ホワイトボードに今日のシフト制勤務表を張り出していたレイジ君が振り返った。他には誰もいない。

「おはようございます」

「はいコレ」

レイジ君が見覚えのある黒いミニトートバッグを掲げた。

「谷城君が持ってきたぞ。ヒロコに手作り弁当だと」

ここでは名前呼び禁止だと言っておきながら、レイジ君は時々自らこれを破る。

「率直に聞こうか。谷城君とはどういう関係？」

笑っているレイジ君の、眼鏡の奥が笑ってないのが気になるけれど。それよりも気になるのは……。

「君呼びですね。谷城さんと仲いいんですか？」

「親しいってわけでもないけどな。入社した時期が同じで一緒に研修受けてた。俺と同い年だし、ヒロコと同い年の弟もいて話が合ったんだよ」

谷城さんがレイジ君やお兄ちゃんと同い年だったとは。そう思うと急に親近感がわく。

「で。どういう関係なのかな？」

「関係もなにも。これはただの、ご慈悲のおかわりですから」

お弁当を受け取る私に「なんだそりゃ」と眉間に皺を寄せたレイジ君は顎を掻いた。

まさか昨日の今日でお弁当を作ってきてくれるなんて思わなかった。驚いたけれど、お昼のお楽しみが出来た。よし、今日も頑張ろう。

本日の持ち場は子供に人気のある、ファンタジックなシアター型アトラクション。小さな子供向けのエリアであるここならカップルを目にする機会は少ない。なんて油断していたら、行楽日和の今日は赤ちゃんを連れた新婚夫婦が多く、私はこの日もまた元カレの残像に悩まされる事になる。

何とか笑顔で耐え忍んで迎えたお昼の休憩時間。仲間に誘われて社員食堂へ行き、そこで広げた私のお弁当に注目が集まる。

「うわー。いいなー。神木さんのお弁当、超美味しそう！」

「でも多くね？　女の弁当じゃないっしょ、それ」

黒いミニトートバッグから取り出したお弁当箱は、昨日のお弁当箱の色違いだった。弟さんの物かもしれない。量は一見してメンズサイズだけれど、野菜が多くて、おにぎりが小さくて、手作りゼリーのデザートまで入っている。見ているだけでもう美味しい。

「んー！　楽しみにしてた甲斐《かい》があった。ううん、それ以上だよぉ」

谷城さんのお弁当はどれを食べても美味しくて、文字通り噛《か》み締《し》めた幸せを飲み込む度に力が湧いてくる気がした。これで午後も頑張れる。仲間の横取り攻撃を受けたけれど大満足で完食した。

歯を磨いた後、お弁当箱を洗ってサウスレストランの休憩室へ急いだ。お昼時だから忙しいのだろう。誰もいない。常にポケットに入れているメモ帳から一枚抜き取り、お礼と感謝の気持ちを書いてミニトートバッグの中に入れた。預ける人がいないから、目立つようにテーブルの中央に置いて「ごちそうさまでした」と手を合わせた。

そのまま持ち場へ戻る途中の事だった。メロディペットやバッテリーカーで遊ぶ子供達の中に、辺りをきょろきょろと見まわしている二人の男女がいることに気が付いた。不安な面持ちで何かを探している。落とし物？　違う。あの様子はきっと……。

私は急いで二人に駆け寄った。

「こんにちは。どうかされましたか？」

狼狽《うろた》えている女性は、大きなお腹を抱えた妊婦さんだ。男性が「娘がいなくなってしまって」と答えた。やっぱり迷子だ。二人はご夫婦のようだ。

「娘さんのお名前と、年齢、服装を教えてください」

「は、はい。えっと、名前……。天野です。天野千尋《ちひろ》です」

「それは妻の名前です」

奥さんの言葉をメモに取る私に、旦那さんがすかさず訂正する。

「すいません。初めての事で動揺していて。娘はゆかりといいます。年は二歳です」

奥さんは激しく動揺している。まだ二歳の子供がいなくなってしまったんだから無理もない。

「大丈夫ですよ。ゆかりちゃんがいなくなったのは、この辺りですか？」

一見冷静でいる旦那さんも、かなり早口で焦っている様子が窺える。私は少しでも落ち着いてもらえるように、穏やかな口調を努めて話した。

「そうです。えっと。夫がトイレに行っていて、ここで待っている間に娘があのパンダに乗りたがったので。それで、財布を出そうとして娘から手を離してしまって……。ついさっきの事です」

目を離した一瞬の出来事だったらしい。髪型や服装などの特徴を聞き出すと、私は無線機を使って全エリアに情報を伝えた。

「スタッフが探していますので、安心してください。まだ近くにいるかもしれません。一緒に探しましょう」

周辺スタッフが、沢山の子供が遊んでいる遊具の辺りを捜索し始めた。お二人も一緒になって探す。私は旦那さんが行っていたという、斜め後方にあるトイレが気になった。

パパを追いかけて行ったかもしれない。そこは男女に別れた入り口の間に多目的トイレがある。車椅子の人でも扉が開けやすいドアハンドルは、小さな子供でも手が届く。使用中のランプが消えているのを確認して、ノックと声かけをしてから扉を開ける。そこには、床に座り込んでいる小さな女の子がいた。

きょとんとして私を見上げている女の子は、ゆかりちゃんの髪型や服装と一致している。名前を呼びかけると小さく頷いた。どうやら中に入って出られなくなっていたらしい。怪我《けが》をしている様子はない。ゆかりちゃんの小さな手を取り、ご両親の元へ連れていく。ゆかりちゃんは安心したのか泣きだしたけれど、お二人が笑顔になったのを見て私もホッと胸をなでおろした。

「私も小さい頃、デパートで迷子になってトイレで発見されたんだって。それを思い出したんだよね」

今夜も大盛りの夕食を囲みながら、私は神様に今日の出来事を話していた。

「見つけてくれたのがレイジ君で、今でも時々その話をされちゃうんだけど」

口を黄色く染めながら私の話を聞いている神様は、今夜もテーブルの上で過激なマヨネーズテロを起こすのだった。

「無事に見つかって本当に良かった。その後、ゆかりちゃんのお母さんに言われたんだ。あなたの言葉と笑顔で落ち着くことができたって。まだ元カレの呪縛は解けないけど、人を不快にさせてた強張った笑顔は消えたみたい」

食べる手と口は常に動きっぱなしの神様。でも円《つぶ》らな目はずっと真っすぐに私を見ていた。

「お嬢は恋をしておらぬな」

「コイ？　急に何の話？」

「この色気のないブラジャーを見れば一目瞭然にござる」

私の留守中に畳んでくれていた洗濯もの。飾りっ気のないノンワイヤーの下着を神様は憐《あわ》れむように持ち上げた。狸の姿じゃなかったら、またマヨをぶん投げているところだ。

「動きやすいのが一番なの。レースとかリボンとか付いてるとコスチュームに響くし」

「昔の恋を呪いだと言うならば、新しい恋で清めるほかあるまい。仕事に執着しても祓《はら》えぬことは身をもって知っておろう」

「……そんなこと言うなら助けてくださいよ。狸さんは神様なんでしょ」

「それがしに新しい男になれと申すか」

「申してないよ」

「お嬢はタイプではない。無理でござる」

「振らないでよ」

「すまぬな」

「謝らないでよ」

いくらイケメン人間になれるからって、狸はタイプじゃないよ私だって。

「して。お清めは、どっちでござるか」

「どっちって？」

「レイジ君とやらか。それとも弁当屋の谷城とやらか。他にもまだ恋の候補がいるようには見えぬが」

おっしゃる通り私はモテませんけども。

「あのね。レイジ君は私にとってお兄ちゃんだし、彼女だっているんだからね」

そう。レイジ君は結婚前提で同棲《どうせい》中の恋人がいる幸せ者。だから元カレを引きずっているなんて私の闇には近づけたくない。今までは何だって相談してきたけれど、これだけは相談できない。

「ならば弁当屋か」

「谷城さんは弁当屋じゃなくてコックさんだって。今は恋より仕事なの。目指せ正社員なの！」

元カレに振られてから今現在まで恋はしてこなかった。友達の紹介や合コンのお誘いがあっても断っていた。もう恋なんてしない、なんて思ってはいない。いつかは素敵な恋がしたいと思っている。なんなら元カレよりも幸せになって見返してやりたいとさえ思っている。けれど……。

「弁当屋だな」

「違うってば」

あんなに痛手を負ったのにまた誰かを好きになろうとする自分を、許そうとしない自分がいる。

◆

同居四日目。

「おはよう。朝餉を分けておいたでござる」

「おはよう。明らかに私の方が少ないよね」

神様と朝食を食べてから、私は初めてお風呂を掃除した。今日はお休み。後はショッピングに出かけたりゲームをしたり、好きなことをして溜《た》まった疲れを吹き飛ばすぞ！　と思っていたら「溜まっているのは埃《ほこり》でござる！」と、荒ぶる神様が私の部屋をひっくり返す勢いで勝手に大掃除を始めたものだからそうはいかなかった。

　きれいにしていたつもりでも、見えないところに汚れは確かに溜まっていた。心の四隅にこびりついた元カレの記憶もこんな風に掃除して、きれいさっぱり取り除けたらいいのにな。

　同居五日目。


「おはよう。どうして泣いてるの狸さん？」

「泣いてなどおらぬ。狸でもござらぬ。そんな事よりマヨネーズが無いでござる」

「あれだけ消費してれば無くなるはずだよ。帰りに買ってくるから泣かないでよ」

　背を向けながら涙を拭っている神様を宥《なだ》めて家を出た。この日は朝のバスで谷城さんに会えた。先日のお弁当のお礼を伝えたそばから、谷城さんがまた私のお弁当を作ってきてくれたものだから驚いてしまう。

　本当にもらってもいいのかな。有難く頂戴すれば良い。神様の言葉を思い出した私は笑顔でそれを受け取った。そして谷城さんの背中に向かって、こっそり一礼。有難く頂戴いたします。

　この日のお弁当も素敵なものだった。彩り豊かな料理の数々が詰め込まれていて、それはまるで宝石箱。どれも食べやすいサイズと味付けで、量は多くても難なく完食した。

空になったお弁当箱に感謝をしたためたメモを添えながら、改めて思う。どうしてこんなに美味しいんだろう。プロなんだから当然と言われたらそれまでだけれど、谷城さんのお弁当を食べると不思議なくらい元気になれる。魔法みたいな料理を作れる谷城さん。なんて尊い。思わず手を合わせずにはいられない。ごちそうさまでした。

園内は修学旅行生で賑わっていた。落とし物をした。怪我をした。友達とはぐれた。いろんなトラブルが起きた。元カレの影も消えない。それでも笑顔で対応できる元気が、私のお腹にはたっぷりと入っていた。笑顔は笑顔で返ってくる。楽しそうな学生達を見ていると私も嬉しくなってくる。

ウォーターライドで、今まさに激流を下ろうとしている人達と手を振り合う。やっぱり私はこの仕事が好きだと再認識していたところで、運転室にいる仲間から呼び出された。

「休憩所にいる八幡さんから内線だよ。今から来れるかって」

閉園時間が近づき、持ち場は落ち着いていた。すぐに行きますと返事をした私は、掃除か備品の整理でも頼まれるのだろうと思って向かった。

「いらっしゃいませ。何か嬉《うれ》しそうっすね。良いことでもあった？」

遊園地前のコンビニで、顔馴染《かおなじ》みの店員が声を掛けてきた。小宮《こみや》君は大学生で、私がスーベニールランドで働きだしたのと同じ時期からこのコンビニでバイトをしている。同い年ということもあって、会えば必ず会話する仲になっていた。

「へへ。そうなんだ。そっちこそ最近、何かいいことあったんじゃない？」

ここ最近になって彼はやけに明るくなったようだ。髪まで明るく染めて、おしゃれになっている。

「分かる？　ここだけの話。俺、好きな人ができたんだ。これ内緒ね」

「分かりやすいよね。内緒にしてるのが驚きだよね」

普段は手が出ないちょっとお高いケーキとお菓子、それから約束のマヨネーズもちゃんと買って、幸せそうな小宮君に手を振りコンビニを出た。

「おかえり。お嬢よ。待っておったぞ」

「ただいま。待ってたのはコレでしょ」

マヨネーズを見せた瞬間、そわそわと待っていた神様は「でかした！」とコンビニ袋に飛びついた。中毒加減が気になるところだけれど、喜ぶ姿は微笑ましい。

「お嬢。何があったか聞いてほしそうな顔でござるな」

「分かる？　実はねぇ」

「その前に夕餉《ゆうげ》だ。腹ペコでござる」

「食べながらでいいから聞いてよペコ侍さん」

「なんだその、腰の低そうな名前は」

「あった方がいいでしょ名前。いつまでも狸さんでいいの？」

「それがし狸ではござらん」

「じゃぁポコ侍さんにしよう。ピッタリだ」

「誰がヘッポコだ。それがし神様でござる」

大盛りご飯を一緒に囲みながら、私はレイジ君に呼び出されたことを話す。

「社員登用試験、受けられることになったんだよ！」

新企画の失敗は確かにマイナスだった。でもそれ以上に私の評価が高かったことと、笑顔を取り戻した私を見て、レイジ君が安心して推してくれたことで推薦枠に入れたのだった。

「谷城さんの美味しいお弁当がチカラをくれたんだ。何かお礼をしなくちゃ」

それにしても神様は本当に、美味しそうにご飯（マヨ）を食べる。私も谷城さんのお弁当を食べていた時は、こんな至福の表情を浮かべていたのかもしれない。谷城さんはどうだろう。好きなものを、どんな顔して食べるんだろう。

「私も、何か美味しいものをご馳走《ちそう》したいな。ご飯を奢《おご》るくらいしか出来ないけど」

「ほぉ。デートでござるな」

「……そっか。二人で食事なんて、もし誰かに見られてそんな誤解されたら、谷城さんに迷惑がかかる。そうだ一緒に行こうよ。いつも掃除してくれてるお礼に」

「恋の鞘《さや》当《あ》てにもならん。行かぬでござる」

「ちょうど給料日だし。奮発して焼肉にしよう」

「礼と申すなら致し方ない。行くでござる」

最初にもらったお弁当からして谷城さんはきっと肉好き。明日、早速誘ってみよう。序《つい》でみたいな誘い方で悪かったけれど神様も肉が好きらしい。目がキラキラしている。

「ケーキにもかけるんだね。カスタードクリームに見えてくるのが怖い」

「ほれ。一口だけならやるぞ」

「やだ。それもう拷問だから」

夕食後はケーキにお菓子、それからマヨネーズでささやかなお祝いをした。

◆

同居六日目。今朝はどんよりとした雲が空を覆っていて、いつもより寒い。

「おはようございます。谷城さん」

バスに乗り込むと、暖かな車内に谷城さんを見つけて隣に座った。するとお約束みたいに差し出される黒いミニトートバッグ。私は深々と頭を下げてお弁当を受け取った。

「いつもありがとうございます。あの。今日の夜、何かご予定はありますか？」

「いや。特には。何かあるの？」

「もしよかったらご飯、行きませんか。お礼がしたいんです」

「いいよ。行こうか」

突然のお誘いできっと驚かれると思っていたけれど、谷城さんは表情一つ変えずに二つ返事であっさり頷くものだから、私の方が驚いてしまう。友達（神様）も一緒にとお願いすると、これもすんなり了承してもらえた。

退勤後、管理棟の昇降口脇にあるベンチでのんびりと谷城さんを待ちながら、部屋にいる神様に地図を添付したメールを送信。家を出る前に、連絡するからパソコンを見るよう言っておいた。「現地集合。必ず人間の姿で来るように！」神様がいそいそと頭に葉っぱを乗せる光景が目に浮かぶ。

一時間後に退勤した谷城さんと合流してバスに乗る。いつも乗る家路のバスで谷城さんと肩を並べていると、家に向っているのにこれから出勤するみたいな不思議な感覚がした。

「私の友達、変わり者だから驚くかもしれません」

「へぇ。それは楽しみだな」

遊園地で働いていると実に様々な人達と出会う。妖精みたいに可愛い人や、王子様みたいにかっこいい人。妖怪みたいに妖艶な人もいれば、魔術師みたいに怪しい人もいる。例えるとキリがないほどに色々な人達が出入りする場所だ。でも。

「それがし神様でござる」

「名前ですよ。そういう」

「これは確かに驚いたな」

侍みたいな神様に会うなんて、谷城さんでも初めてだろう。しかもデニムのポケットにマヨネーズを入れてるし。どこから突っ込めばいいのか谷城さんも困っているだろうなと覗いた横顔は、いつもと変わらなかった。

私の家から徒歩でも行ける距離にある焼き肉屋。住宅街の中にあってこぢんまりとしているけれど、地元民に愛され続ける美味しいお店。私は小さい頃から家族と何度も来ている。

賑やかな店内で、空いていた奥隅のテーブルに着いた。私と谷城さんが向かい合って座ると、当然私の横に来るだろうと思っていた神様は何故《なぜ》か迷うことなく谷城さんの隣に座る。

「肉でござる。肉をどんどん焼くでござる」

「神様。野菜も食べないと」

動じない谷城さんはすんなりと神様を受け入れて、マヨネーズをかけた肉ばかり食べる神様のお皿に、さりげなく野菜を乗せるのだった。

「マヨネーズはタレとも相性がいいんだよ。ほら貸して。混ぜてあげよう」

「なっ。何をする！」

谷城さんは神様の手からひょいっとマヨネーズを奪い、小皿に入ったタレと混ぜた。

悲鳴を上げる神様に、タレマヨを絡めた肉を勧める。

「猪口才《ちょこざい》な。万能であるマヨにタレなど無用でござむっぐん」

ぷいっと拗《す》ねる神様の口に、谷城さんは表情一つ変えないままお肉を放り込んだ。

「どうだいお味は？」

「おかわりでござる」

覚悟はしていたけれど、食いしん坊神様は本当によく食べる。箸と口とマヨが止まらない。谷城さんもよく食べる。冷静な谷城さんと、必死な神様の肉争奪戦が幾度も繰り広げられた。

落ち着いた雰囲気は大人っぽいけれど、少年っぽさが残る表情がとにかく硬い谷城さん。あまりしゃべらない人かと思えば、意外とよくしゃべる。あのお弁当箱の持ち主はやっぱり弟さんだった。親の再婚後にできた腹違いの弟だけれど、大きくなった今でもかわいいと話してくれるお兄さん。でも小さい頃は懐いてくれずに困っていたらしい。そんな兄弟が仲良くなったきっかけは、お弁当だったという。

風邪を引いた母親の代わりに弟のお弁当を作ることになって、悪戦苦闘しながら弟が好きだったキャラクター弁当を作った。ママのじゃないと嫌だと言っていた弟、これには大喜び。

「それが嬉しくて、料理の道に進もうと思ったんだ。神木さんは、どうしてスーベニールランドで働こうと思った？」

「私は……。そんな美談じゃなくて、恥ずかしい話なんですけど。失恋がきっかけでした」

少し躊躇《ためら》ったけれど、神様がいる安心感もあって私は正直に話した。

「スーベニールランドは、彼と最初にデートをした思い出の場所でした。彼のことを忘れたくて、なんてことないいんだぞって思いたくて、敢《あ》えてここで働くことで乗り越えてやろうなんて考えて。……甘い考えでした。やっぱり忘れられなくて。最近、大失敗しちゃったんです」

肉を食べ続ける神様の横で、谷城さんは静かに頷いた。

「それでも、私はあの場所が好きなんです。私は今、正社員を目指しています」

「そうか。神木さんのような人には、是非なってもらいたいよ」

「はい。頑張ります。今度こそ絶対に、完璧に彼のことなんか忘れるんです！　ちゃんと仕事に集中して、もう二度と同じ失敗はしません」

胸を張ってっ決意表明。すっきりとした気持ちでお肉を頬張った。あぁ美味しい。でも次の瞬間、私は思わず「え……？」と声を漏らした。

谷城さんの表情が、初めて変わった。それは、何故だか悲しげに見えた。どうして？　私の問いかけるような目に気付いた谷城さんは、何でもないんだと言うように首を振って、またいつもの表情に戻った。

「神木さん」

静かに箸を置いた谷城さんは、グラスの水を飲み干して言った。

「無理をすることはないよ。完璧なんてものは、あるようでないんだから」

「は、はい……」

変なことを言って、谷城さんの気分を害してしまったかもしれないと内心どきどきしていた私は、思わず頷いていた。でも本当は何を言っているのか、意味が分からず戸惑っていた。無理って、何のことだろう。

「忘れる必要は、ないんじゃないかな」

「………」

その言葉を耳にした途端、さっきまであんなに美味しかったお肉の味が、全く分からなくなってしまった。

家まで送ると言われたけれど、谷城さんが乗るバス停は反対方向だったから丁重にお断りした。「それがしが付いておる」と言う神様の言葉に、谷城さんは頷いて帰っていった。

「奢るつもりだったのに、谷城さんに押し切られて割り勘になっちゃった。これじゃお礼にならないよ」

それどころか私が誘った神様の分まで出してもらったことになる。ため息をついたら雨が降り出してきた。天気予報通りだ。トートバッグから折り畳み傘を出して差す。

「小さい傘だから二人じゃ頭しか入らないね。狸に戻ってくれない？」

狸ではないと言いながら狸に戻った神様を抱き上げる。お腹が膨れた重たい神様をバッグに入れて歩き出す。

「お嬢。いかがした？」

「へこんでるの」

「そのようには見えぬがな」

「どこ見てるの。お腹じゃなくて、心だよ」

ちゃんとお礼が出来なかったのが心残り。だけどそれ以上に、何だか悲しい。

「……谷城さん。どうしてあんなこと言うんだろう」

忘れる必要はない。消化できなかったその言葉は、私の中でグルグルと渦を巻いていた。そのうち削られて尖った先が、チクチクと胸の奥を刺している。

「谷城さんのお弁当は、いつも私を元気にしてくれて。だから私、谷城さんは自分の味方なんだって、勝手にそう思い込んでた」

忘れられるさ、と応援してくれるものだと思っていた。それを期待していた。まさかあんなことを言われるなんて思っていなかった。

「どういう意味なんだろう」

谷城さんは、どんな気持ちで私の決意を否定したんだろう。

「そのままの意味でござろう」

「どういうこと？」

「お嬢は、本当に忘れたいのか？」

「当たり前だよ。心底忘れたいよ」

「ならば、何故それが出来ぬのだ。人は忘れる。忘却は理《ことわり》。道理に背くのは何故だ」

「簡単じゃないからだよ。心に受けた傷を治すのは」

目には見えない。手も届かない。だから治療ができなくて、放置したままの傷。自然治癒の見込みもない。治るわけがない。

「忘れたいよ。……でも本当は、忘れられる自信がない」

傷は深くて、治せる自信がない。

「お嬢は怪我などしておらぬ。しておったのは恋でござろう」

トートバックから顔を出して私を見上げている神様の言葉に、ハッとして思い出す。私をいつも苦しめていた残像。脳裏に浮かぶ元カレは、いつもこっちを向いて笑っていた。反映しているみたいに。私はいつも笑っていたんだ。

「幸せだった。彼がいた時は。会える日も、会えない日も、毎日が特別だった」

彼と一緒にいるだけで、心が躍りだしそうなくらい楽しかった。子供の頃から何度も来ていたスーベニールランドの光景も、彼と手を繋《つな》いだだけで全く違うキラキラした世界に見えた。恋をしていた。私は本当に、あの人のことが大好きだったんだ。

「今のお嬢を苦しめているのは誰か。それが分かれば、谷城の言葉の意味も分かろう」

私を苦しめている誰か。そんなの決まってる。忘れさせてくれない元カレだ。そう言おうとした時だった。明かりの消えた花屋の前で足が止まる。濡れたガラスの壁に映った自分に目が留まる。

「……私？」

振られた時は本当に傷ついた。忘れたかった。でも本当に全てを忘れて無かったことにしたいのか。

それは違う。終わってしまったけれど、私は幸せな恋をしていた。それを無かったことにはしたくない。

「忘れられないのは、本当は忘れたくないからなんだ……」

失いたくない思い出がある。それなのに私は忘れようとしていた。完璧なまでに失《な》くそうとしていた。

「だから辛かった。私を苦しめてたのは、私だ」

無理をしていたんだ。谷城さんの言葉の意味が、ようやく分かった。

「きっとあやつにも、大事な思い出とやらがあるのでござろう。言葉の裏には思いがある。否定とは、裏を返せば肯定でござる」

谷城さんは私の未来を否定したんじゃない。私の過去を肯定してくれたんだ。

「お嬢。もう一つ気付いたのではないか？」

忘れる必要はない。そう言った谷城さんの、真っすぐな視線を思い出す。チクチクしていた胸の奥が、今度はドキドキしている。私は、この気持ちの正体を知っている。

「うん。気付いてるよ」

傘を叩く雨音が弱まってきた。そのうちに止《や》みそうだ。明日の朝の天気は晴れ予報。

「やはり弁当屋だな」

「だから谷城さんは弁当屋じゃないから」

再び歩き出した私の脳裏に、あのコンビニ店員が浮かんだ。小宮君の心は真っすぐに好きな人へ向いていて、何だか羨ましいな。私も、後ろにばかり気を取られていないで前を向こう。もう一度、誰かを好きになろうとする自分を許そう。

「ありがと。ポコ侍さん」

急に静かになったと思ったら、神様はバッグの中で、マヨネーズを抱えながら寝息を立てていた。

私は神と呼ばれている。でも特別なことはしていない。ただ恋をしているだけ。それなら神様って何だろう。何処にいるんだろう。神社？　パワースポット？　雲の上？　その存在は絶対的で神秘的。信仰して、崇拝して。祈ればお告げをくれて、願えば叶《かな》えてくれる。

絶望の中にいた誕生日に連れて帰った神様は、私が思い描いていた神とは全然違う。狸で、ござるで、私の部屋に住み着いて。掃除をして、マヨネーズを大量消費して。話を聞いて、朝には「おはよう」と言う。それが、私が知っている神様だ。

料理の神様

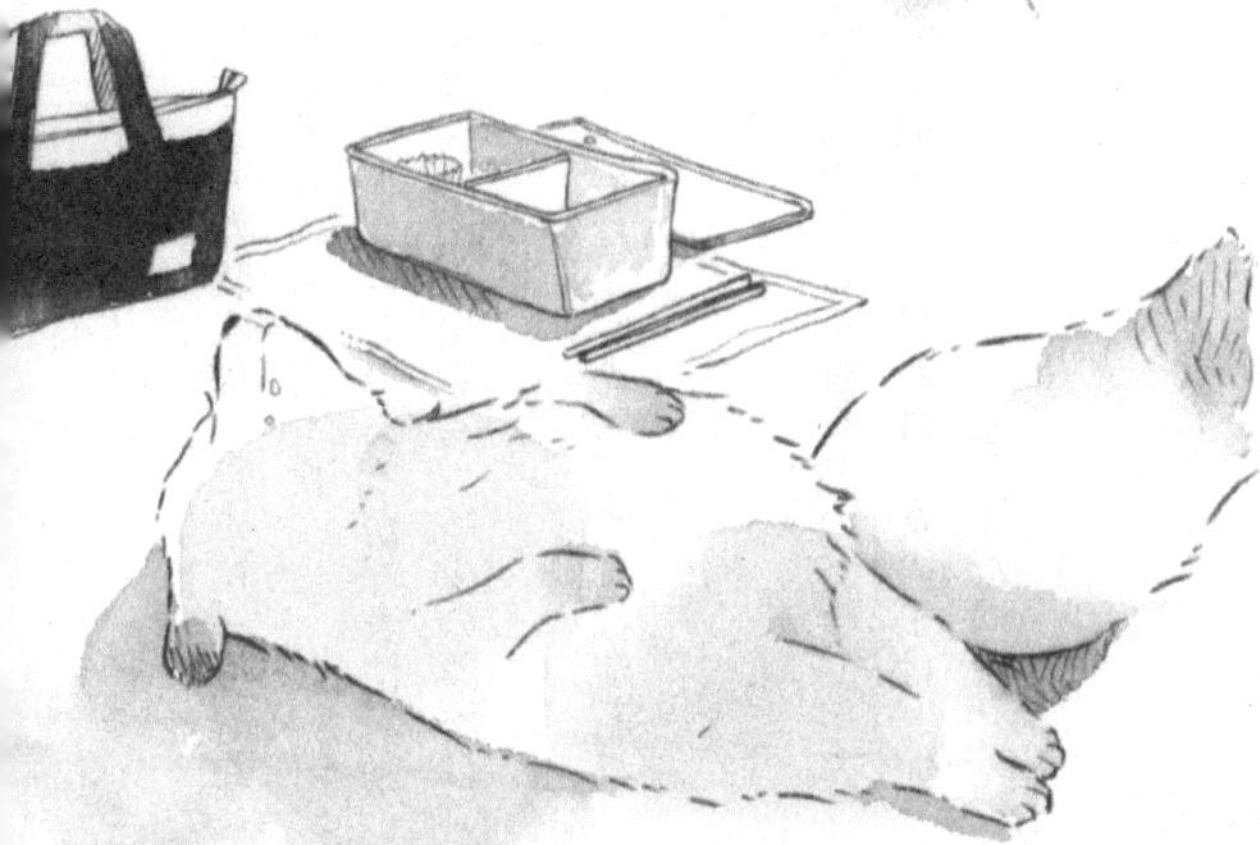

学生時代、僕は仮面と呼ばれていた。

紙や布、木や金属等で作られる硬く動かない覆面。そんな物を被《かぶ》った事は一度もないのだが、瞬き以外動かないと言われる僕の顔は正にそんなものだった。

表情は共存社会の中において必要な非言語コミュニケーションであるが、表情が動かない代わりに口がよく動く僕は伝達すべき思考が直接口から出る為《ため》、多少の誤解は生じるものの生活への支障は最小限に留《とど》められている。

したがって、あまり自他の表情を気にしたことはないのだが「あの子」には流石に驚かされた。

あれは通勤途中、バスの中での事だった。考え事をしながら車窓を眺めていて、ふと窓に映る隣の女の子に目が留まった。七つ下の弟と同世代と思われる女の子は、何かに耐え忍ぶように俯いていて、その顔は青白く、明らかに体調が悪そうだった。

「大丈夫ですか？」

気になり声を掛けた。

「えっと……。実は二日酔いで」

そう答えた声には全くチカラが入っていなかった。この様子だとろくに食べてもいないだろう。僕も若い頃に洗礼を受けた覚えがある。

しかし運がいい子だと思った。僕は丁度、実家から送られてきた柿を持っていた。柿にはタンニンやカタラーゼといった、二日酔いの緩和に効果を発揮する成分が含まれている。地元の酒飲みで柿を食べない人はいない。職場で配ろうと沢山持ってきていた柿を、女の子に一つ分けた。


勤務先は遊園地、スーベニールランド内の南側にあるレストラン。その名もサウスレストラン。谷城と名前が刺繡《ししゅう》されたコックコートが仕事着である僕は、ここで調理師として働いている。

その日、レストランには団体予約が入っていた。平日にしては一般来園者の数も多く、昼は込み合うことが予想された。人員に不安を感じた矢先に、別エリアにいる同期の八幡君からヘルプを一人出すという申し出があった。

来てくれる事になったのは、アトラクションスタッフの神木さん。それまで面識はなかったが、彼女の事は知っていた。アルバイトながら模範的な接客と愛くるしい笑顔が評判で、園内では神スタッフと称されている彼女の知名度は高い。

ところが、やってきたのは全くの別人だった。

いや、本人であることは間違いなかったが、まるで張り付けたような不自然な笑みを浮かべる彼女は、神スタッフ神木さんとは似ても似つかず別人のようだった。実際、僕は全く気が付かなかった。

「神木です。今朝は美味しい柿を、どうもありがとうございました」

彼女にそう言われるまで気付かなかった。今朝、バスの中で柿をあげたあの二日酔いの女の子が、神スタッフの神木さんだった事に。

表情が暗い。それだけで誰だか分からなくなってしまう彼女の変貌ぶりには驚いた。それこそ仮面を被ったように別人であった彼女だが、初めてとは思えない手際の良さで黙々と業務をこなす才幹は、やはり神スタッフの名に相応《ふさわ》しいものだった。

その翌日。また神木さんと通勤のバスで一緒になった。顔色は良く、表情は多少のぎこちなさが残ってはいたものの前日に比べれば自然に近い。この日はすぐに彼女だと認識できた。

この時、僕はクリスマスに向けて新たなメニューの考案を任されていたのだが、思うようにいかずに焦慮していた。納得のいくアイデアが全く浮かばないでいた。難航するレシピ作りに頭を抱え、漁《あさ》るように参考資料を読み込んでいると、隣に座る彼女のお腹が鳴った。聞こえなかった振りをしようにもその音は大きく、お腹を壊しているのかもしれないと気になった。

「実は朝ご飯を食べ損ねてしまって……」

様子を窺っていた目が合うと、彼女は正直に話してくれた。朝寝坊でもしてしまったのか。

それにしても運がいい子だと思った。その日は必要なかった弁当を、うっかりいつもの癖で作ってしまい持ってきていたのだ。この弁当をあげれば彼女はしっかり朝食が取れて、僕もせっかく作った弁当を無駄にしなくて済む。

「遠慮しないで」

「ありがとうございます」

いわば互恵のやり取りであったこの出来事が、後に僕の運命を大きく左右する事になろうとは露《つゆ》ほども思わずにいた。

ハロウィーンイベント期間の園内はどこもパンプキンの装飾だらけだが、来月にはカボチャがツリーに変わる。クリスマスイベント期間、レストランではランチとディナーにそれぞれクリスマス限定のメニューを出す。

新メニューの試食会で僕が考案したクリスマスランチは、良く言えば無難でオーソドックスな安心感がある。しかし裏を返せばありきたりで何処にでもありそうなものだった。責任者は「美味しければ何でもいい」と首を縦に振った。僕は、そんな言葉を出させてしまった自分の料理に辟易《へきえき》していた。

「谷城さん。お弁当、ありがとうございました」

そこへ神木さんが弁当箱を返しにやってきた。

自分が食べるつもりで作った弁当には好物の肉料理を詰め込んでいて、女の子に適した量をはるかに超えていたなと後になって気付いたわけだが、彼女はそれを一度で食べきったと言う。

「おかげでエネルギー満タン！　一日元気に働けました」

今朝より少し明るくなった顔でそう話す彼女の口から「また食べたい」と言う言葉が出た時。僕は一瞬、本当にごく短いまたたく間だったが、彼女越しに幼き日の弟を見た。

「いいよ。また持ってくる」

次の瞬間、僕はそう答えていた。

もう一人分作るくらいならそれ程手間はかからないし、弟が使っていた弁当箱もある。マンネリに陥っている今の僕に、初めて作る女の子向け弁当はいい気晴らしになるかもしれない。この時の僕はそんな考えでいた。

その日の夜。帰宅した僕はいつも通り、晩飯作りに取り掛かろうと冷蔵庫を開けた。今日は簡単なものでいいか。中の食材を確認していた頭の中が、気が付けば明日の弁当の献立に切り替わっていた。何故だか胸の内側がざわついている。

「妙だな。何をワクワクしてるんだろう、僕は」

一人呟いた脳裏に、あの言葉が蘇る。

『また食べたい』

神木さんに言われたその言葉が、何故か弟の声で響いている。そこで僕はハッとした。その言葉が取っ手になり、長らく閉じられていた引き出しが開いたように、僕はあの日の事を思い出したのだった。

遠足前夜、五歳の弟は泣いていた。父親の再婚で出来た母親違いの弟だ。

僕は弟が大好きだったが、弟は母親が大好きで、独占欲から僕には敵意を剝《む》き出《だ》しにしていた。そんなところも可愛かった。

弟はずっと泣き続けていた。風邪をひいて寝込んでしまった母親の代わりに、僕が弟の弁当を作ることになったのが不服なのだ。料理が出来ない父親と二人暮らしをしている間、僕は多少の料理を覚えていた。

弟が泣き疲れて眠った頃、僕は宿題そっちのけで弁当の設計図をノートに書いていた。いつも朝寝坊をしていた僕が翌日は早起きをして、何度も失敗をしながらも何とか弟の弁当を作った。

しかし初めて作ったキャラクター弁当は、設計通りにはいかずに不格好だった。また弟に嫌われる。そう覚悟していたが、遠足から帰ってきた弟は興奮した様子で真っ先に僕の元へ駆けてきた。

お兄ちゃんのお弁当すごかったねっ。また食べたい！

今までどうして忘れていたのか。それは弟との仲が良好になった出来事であり、料理人を目指すきっかけにもなった大事な思い出だったのに。

人を喜ばす料理を作りたい。そんな思いはいつしか引き出しの奥へと押し込まれ、僕は仕事を処理するように料理を作る事が型にはまって、そこから抜け出せなくなっていた。

神木さんに何があったかは知らないが、以前のように神と称された笑顔を取り戻す手伝いが少しでも出来る弁当を作ろう。僕は食う事も忘れて、神木さんへの弁当の献立を考えた。こんなにも夢中で料理と向き合ったのは久しぶりだった。

◆

僕は連日、神木さんへ弁当を届けた。その中で新メニューのアイデアが浮かんだ。スーベニールランドのコンセプトは「すべての記憶が思い出というお土産になる」。大切な人と一緒に食べるここの料理を、思い出にして持ち帰ってもらえるように。そう考えながら作ったレシピに創意工夫を凝らし、自信をもって提供できるクリスマスランチを完成させた。それはマンネリを打開した瞬間だった。

神木さんは目に見えて元気を取り戻していった。帰ってくる弁当箱にはいつも感謝の言葉が並んでいるメモが添えられていて、微力ながら笑顔を取り戻す手助けが僕の弁当で出来ている手応えを感じていた。

弟の喜ぶ顔が見たくて料理を作っていた僕は、やはり誰かを喜ばす料理を作る事が性に合っている。

「もしよかったらご飯、行きませんか」

いつもの通勤バスの中。四回目になる弁当を渡すと、神木さんから食事に誘われた。礼がしたいと彼女は言うが、礼をしたいのは僕の方だった。

「いいよ。行こうか」

一度ゆっくり話もしてみたいと思っていたから、即答で了解した。

二人で向かった焼き肉屋には「神様」が待っていた。

神木さんの友人だというが、知らない男と食事に行く神木さんを心配してやってきた彼氏じゃないだろうかと思った。爽やかな顔立ちの彼は神木さんにお似合いで、とても親しそうな雰囲気もあった。

彼は名前だけでなく口調や味覚も変わっていて、照れていたのか神木さんではなく僕の隣に座っていた。

神木さんに弁当を作る僕の事を「弁当屋」と呼び、その態度は厚かましいものだったが、弟と同年代である彼らとの食事は賑やかで楽しかった。何より肉が美味しかった。住宅街の中でこんなに美味しい焼肉が食べられるとは。想定外の美味《うま》さに感動すらしていた。

顔が硬いせいでよく寡黙なイメージを持たれるが、冒頭でも話したようにしゃべるのは苦手ではない。寧ろ好きな方だ。弟の話から現在の職に至るまでを話した僕に、神木さんも遊園地で働くようになったきっかけを話してくれた。

「恥ずかしい話なんですけど。失恋がきっかけでした」

神とまで呼ばれるほどの優秀なスタッフである彼女が、まさか振られた思い出を払拭するために頑張っていたなんて、誰も想像すら出来ないだろう。

しかし現在はアルバイトだが社員を目指しているという彼女は最近、その失恋が原因で仕事に失敗していたようだ。

「彼の事なんか忘れるんです！」

そう彼女が言った時、僕は悲しみとも苛立《いらだ》ちともつかない焦りのような感情を覚えた。笑えなくなってしまうほどの衝撃の裏には、きっと沢山笑った忘れたくない思い出もあるのではないのか。そう感じた。

「忘れる必要は、ないんじゃないかな」

大事な過去を思い出させてくれた神木さんには、思い出を大切にしてほしい。そんな思いで言った言葉だった。

楽しい食事の時間は、彼女がしたいと言ってくれた「お礼」に十分値するものだった。しかし帰宅のバスの中では、あの一言は余計だったかもしれないと後悔していた。

彼女の決意を、まるで否定したかのように聞こえてしまったかもしれない。よくしゃべるくせに肝心なところで言葉が足りていないと反省した。

◆

弁当を神木さんに作り続けて二週間が経《た》とうとしている。

「谷城さんって、あの神木さんと付き合ってますよね？」

「滅多なことを言うもんじゃないよ」

ホールスタッフの女の子が誤解するほど、僕と神木さんは親しくなっていた。

元の笑顔と評判を取り戻していた彼女にはもう僕の弁当は必要じゃないかもしれないが、すっかり習慣が付いた彼女の弁当作りのやめ時が分からない。

昨日は偶然、帰宅のバスが一緒だった。今度こそお礼をさせてほしいと言う彼女に誘われ、近所のカフェでコーヒーを飲んでいた。そこをたまたま通りかかったスタッフに目撃されていたようだ。

「気を遣わせたり誤解をされたり。有難迷惑《ありがためいわく》になってないか？」

「そんなことありませんよ。いつも本当に感謝してるんです！」

レストラン従業員の休憩所で、弁当箱を返しにやってきた神木さんと丁度会えた僕は真意を確かめようとした。

「嘘をついてるようには見えないな」

「勿論ですよ。谷城さんのお弁当というお楽しみのために、仕事頑張ってますから」

「正社員になるためだよな」

「そうでした。でもそれくらい私は、谷城さんのお弁当のファンなんです」

この職場で様々な人達と接してきた中で、嘘と本音を見分ける目が一定レベル備わったように思う。僕は彼女の言葉を本心だと受け止めて安堵した。

「弟にも言われた事はないな。嬉しいよ」

「お弁当箱を開ける時、本当にワクワクするんです」

「食いしん坊だね」

「違いますってば」

神木さんは毎回、空の弁当箱にお礼と感想を書いたメモを添えて返してくれる。僕はそのファンレターを読むのが密かな楽しみになっていた。この日はメモだけでなく缶コーヒーも入っていた。焼肉と同様にカフェでも気持ちだけもらって割り勘にした事を気にしているらしい。

閉園後に厨房を片付けていると、注文していたクリスマス限定のメニュー表が業者から届いたと連絡が入った。

管理棟の二階にある事務所へ受け取りに行く。他にも店内用のポスターやポップもあるから台車があった方がいいだろうと、管理棟の横にある倉庫へ向かった。

全社員が持っているカードキーで入った広い倉庫内には、巨大なツリーや装飾でごった返していて、まるでクリスマスが「待て」をされている状態だ。各セクションごとに壁で仕切られているため全貌を見渡すことは出来ないが、一見して誰もいないようだ。

ただ大型アトラクションのバックステージに隣接されているここでは、常に騒音が響いている。閉園した今もメンテナンス中のようで、クレーンなどの重機が動く音がしている。

手頃な台車を見つけ、倉庫を出ようとした僕の耳に話し声が聞こえた。誰かいたのか。よく聞くと、それは八幡君と神木さんのようだ。挨拶くらいしていこう。響く重低音の合間に聞こえる二人の声に近づいた。

「…………」

しかし聞こえた二人の会話に驚いた僕は、その場で咄嗟《とっさ》に身を潜めた。二人は僕に気付かないまま倉庫を出ていく。僕は呆然としながらその後姿を見送った。

明日の弁当には何を入れようか。スーパーの生鮮売り場を歩きながら考える僕の頭は、一方で偶然聞いてしまった八幡君と神木さんの会話を思い出していた。

『分かったよ。一回しか言わないからな。……結婚しよう』

『シンプルだけど、グッときますね。オッケーですよ、八幡さん』

アトラクションエリアで働く二人は直属の上司と部下の関係にあるが、まさかそれ以上の関係にあったとは知らなかった。それなら前に会った神様という男の子は、本当に彼女の友人だったのか。

「……そうだったのか」

知ってしまった。肩を落とすと、手にぶら下げた空の買い物カゴが力なく揺れた。

二人の関係を知って驚いた衝撃は、やがて大きな動揺に変わった。そして知ってしまった。僕が神木さんに特別な感情を抱いていることに。まだ子供だと思っている弟と年が変わらない女の子を、一人の女性として意識していることに。

とは言え、もう彼女にはそういう相手がいるのだから諦める他にないわけだが。しかし戻らない平常心。ガラスに映る平静な表情とは裏腹に心は揺れまくっている。

そう言えば、八幡君は僕が神木さんに弁当を作っている事を知っているはず。二人は何とも思わないのだろうか。職場は恋愛を禁止していないが、サービスバイザーという八幡君の立場上、二人の関係は内緒にしていて、だから何も言えないのか。

困ったな。明日の弁当の献立が全く浮かばない。とにかく食材を買って、後から考えよう。目についた食材を適当にカゴへ入れていく。

「弁当屋」

突然、背後から声を掛けられた。特売のニンジンを手に取ったまま反射的に振り返る。

「君は、神様じゃないか」

後ろに立っていたのは、神木さんの友人である神様だった。

差し出している手には財布が握られている。落とした事にも気が付かなかった僕の財布を、神様が拾ってくれたようだ。

「ありがとう。助かったよ。弁当屋ではないけどね。君も買い物？」

神様もこの近辺に住んでいるのだろうか。神木さんが利用しているバス停と、僕が利用するバス停の、丁度真ん中辺りに位置するここの客は近隣住民ばかりだ。遠くからでも足を運ぶような激安店ではない。

「うむ。腹が減ったのでな」

それにしては買い物カゴも何も持っていないようだが。

「晩飯はまだなの？」

「今しがた食したが足らぬのだ」

「そうか。……もしよかったら家に来ないか。財布のお礼にご馳走するよ」

お礼なら彼の買い物代金を支払って済ませてもいいように思ったが、誰かと話して気を紛らわせたいと、僕の心が訴えた。

「では参るでござる」

「何が食べたいかな」

「マヨネーズでござる」

「それは調味料だよね」

彼が無類のマヨ好きである事は、以前の焼き肉屋で知っている。何にでもマヨをかける。目を疑うほどの量をかける。あの食べ方には常習性が窺えた。スリム体型ではあるが、油分や塩分の摂取量が気になるな。

「靴が多いな。お主は百足《むかで》か」

自宅マンションの玄関で靴を脱いだ神様が、備え付けの靴箱を開けている。スニーカーが好きで集めてはいるが、所持しているのは精々二十足程度しかない。

「百足もないだろ。それにここにあるのは僕の靴だけじゃない」

「一人暮らしではないのか」

「弟と二人暮らしだよ。今は留守だけどね」

自立を目指して貯金をしている弟は、コンビニで深夜までバイトをしている。近くの友人宅に泊めてもらい、そのまま大学へ行くなどして連日帰ってこない事も珍しくはない。

こちらが勧めなくても神様は勝手にテレビをつけて寛ぎだした。人の家へ上がり込むのに慣れているように感じる。僕は構わずキッチンに入り、早速調理に取り掛かった。

照り焼きチキンに千切りキャベツを添えて出すと、神様はいつも持ち歩いているのかデニムのポケットからそれを取り出した。

「隠し味にもうマヨネーズは入れてあるよ」

「隠しておっては無いのと同じでござろう」

お皿が黄色く染まっていった。神様のからだを想《おも》って作ったスープも、具材のキノコやワカメがマヨネーズの海に沈んでいく。

「君はまだ若いけど、一度病院で健康診断を受けた方がよさそうだな」

「神様は病気などせぬ」

名前にご利益があればいいが。

「お嬢が申しておった通り、確かに美味いな弁当屋の料理は」

「ありがとう。でも君の場合はマヨネーズの味しかしていないと思うけどね」

「ところで弁当屋。恋をしておるな」

あっという間に平らげ、律義にごちそうさまと手を合わせた神様が出し抜けにそんな事を言うものだから、折角落ち着いていた心が再びざわつき始めた。

「もう弁当屋でもいいけどさ。急にどうした？」

「隠すつもりか。しかし無いものには出来ぬぞ。顔に書いてあるでござる」

今までこの仮面と呼ばれた僕の顔から、内情を読み取った人がいただろうか。少なくとも記憶にはない。更に的を射た発言であるため驚嘆せざるを得ない。

「君は一体何者なのかな？」

「それがし神様でござる」

変わった子だとは思っていたが、只者《ただもの》ではなさそうだ。まさか相手まで見抜いていないだろうか。僕の心配を他所に神様は帰っていった。

隠しても、無いものには出来ない。神様はマヨネーズの匂いと、脳裏に響いて消えないでいる言葉を残していった。

彼の言う通りだ。気持ちは隠せても、想いは無かった事には出来ない。

◆

出勤時間は不規則だ。毎朝バスで神木さんに会えるわけではない。そんな時はアトラクションスタッフが集まる休憩室に弁当を届けている。早朝出勤だった今朝、休憩室に入ると八幡君がいた。

「いつもうちの神木さんがお世話になってます。渡しとくねー」

そう言って弁当を受け取る八幡君に、僕は尋ねた。

「八幡君。僕はこれからも彼女に弁当を作り続けていいんだろうか」

「あー。それな」

顎を掻きながら、口をへの字に曲げている。

「神木さん気にしてたぞ。年下の女の子に会計任せるってのは……確かにあれだよな。でも、それじゃアイツも気が済まない訳だしさ。一回くらい奢ってもらえば？」

彼女と焼肉やカフェに行った事は承知のようだ。

「実家暮らしで生活には困ってないし、暇さえあればゲームしてるし。飯に行くくらいの金と時間はあるんだ。俺なら寿司でも食わせてもらうけどね」

彼女の懐事情や生活習慣まで知っている。

「いつも本当に喜んでるし。谷城君がいいなら、別に続けてもいいいんじゃねぇの」

自分の彼女に対して別の男が毎回弁当を作ってくる事はどう思う？　なんて直球で聞けたら核心に迫れるのだが、偶然とはいえ盗み聞き同然に知ってしまったから聞けない。

「これも美味いんだろうなー。谷城君の新メニュー試食させてもらったけど、最高だったよ」

弁当を開けようとする素振りの八幡君に首を振る。

「君にも作ってこようか。二千円でどう？」

「俺は有料かよ。しかも高いな。でも食いてぇわマジで」

八幡君の笑顔に微塵も敵意は感じられない。余程彼女の事を信用しているのだろう。

　最近は急に温度が下がって、まだ寒さに慣れていない体が冷えてしょうがない。帰宅するとすぐに風呂に入った。充分に温まってから出て、髪が乾いた頃にインターホンが鳴った。

　バッグの中の鍵が見つからない弟だろうと疑わずにドアを開け、そこにいた神様に言葉を失う。

「ご相伴にあずかるでござる」

「今日は呼んでないはずだよ」

　財布を拾ってくれた恩を忘れるつもりはないが、今は神木さんと接点のある人物と会う気分じゃない。彼女への気持ちにどう終止符を打つべきか、一人でゆっくり考えたい。悪いが帰ってもらおう。

「今日も晩飯が足りなかったの？」

「うむ。いつも半量であるからな」

「そんなに食べたいなら自分で作ればいいんじゃないかな」

「そうだな。ではご指導願おう」

　そんなつもりでは言っていない。しかし神様は帰るどころか部屋に上がり込んできた。仕方がないな。早く済ませて帰ってもらおう。

「料理の経験は？」

「神は台所には立たぬ」

先が思いやられる。

しかし意外にも神様は器用だった。

簡単でも美味しいチャーハン作りを教えるため具材を切らせてみると、長ネギの切り方も溶き卵の混ぜ方も問題がない。神様に欠かせないマヨネーズは炒《いた》める前のご飯に混ぜた。これでご飯をコーティングさせることでパラパラな食感とコクが出せる。調味料の足し方や炒める時のフライパンの振り方も、神様は一度の手解《てほど》きでマスターした。

隣で作っておいた肉野菜炒めを添えて、無事にチャーハンは完成した。

「やれば出来るじゃないか」

「神様に出来ぬものなどないでござる」

これで満足しただろう。

「容器に詰めてあげるから、持って帰って食べなさい」

「要らざる事をするでない。食べるまでが料理でござる」

いそいそとテーブルを拭いて食事の準備をする神様に根負けし、僕も席に着いた。ところが神様と向かい合っていると、妙に気分が落ち着いた。さっきまでの早く追い返したい気持ちが嘘のように消えている。

「いかがした。それがしの顔が眉目秀麗ないけめんなのは承知だが、男に見せるためにあつらえてはおらん」

「イケメンなのは認めるよ。美味しそうに食べるなと思ってね」

この日も神様はマヨネーズを持参していて、折角パラパラに仕上がったチャーハンにたっぷりべったりとかけて食べていた。

「美味いからな。当然でござる。一口だけならやってもよいぞ」

「遠慮しておくよ。これ以上概念が崩れると仕事に支障が出る」

どこの家庭でも一般的に使われていて、家でも職場でも見ない日は無いほど身近な調味料であるのに、神様が食べているそれを見ているとゲシュタルト崩壊のように認識が崩れて、一瞬マヨネーズが何なのか分からなくなる。

「ねぇ神様。もし医者からマヨネーズをやめるように言われたら、どうする？」

「そのような無礼者には天罰が下ろう！　そうでなければ切り捨て御免にござる」

「怖いな。もしもの話だからそう興奮しないで。マヨへの愛は分かった。けど医者は神様の身体を思って言ってる。それでも続けるかい？」

その愛は身を滅ぼしかねない。しかし神様は迷わない。

「やめろと言われてやめられるものは愛ではない。愛とするしないを決めるのは、他者ではないでござる」

固執して譲らない神様のマヨ愛には、呆れを通り越して感服させられる。

「野菜も食べなさい」

肉ばかり食べている口に野菜も放り込んだ。

「片付けまでが料理だよ」

完食した神様は素直に従い、食器をきれいに洗ってから帰っていった。

一人になった僕は考えていた。

神木さんは八幡君と結婚する。だから諦めるしかないと自分に言い聞かせている。

それでも神木さんへの気持ちに収拾がつかない。

やめろと言われてやめられるものは愛ではない。それでもやめなければいけない愛は、断ち切らなければいけない気持ちは、どうしたらいいのだろうか。まさかこの年で医者もお手上げな恋煩《こいわずら》いにかかるとは。弟には口が裂けても言えない。

仕事が休みである翌日も神様は構わずやってきた。

気分転換にアクション映画を鑑賞した帰りだった。少し歩こうと映画館から乗っていたバスを途中下車し、自宅を目指して夜道を歩いていたら出くわした。そしてそのまま家まで付いてきた。

仕方なくこの日も、腹を空かせた神様と一緒に料理を作ることになった。

「朝から仕込んでおいたんだ」

「これはまた、美味そうな！」

タレに付け込んでおいたチャーシューを見て興奮している神様に、玉ねぎと舞茸《まいたけ》を切らせる。炒めたら一口大に切ったチャーシューを加える。味見が止まらない神様の口に隣で作っていたサラダのほうれん草とミニトマトを放り込み、麺を茹《ゆ》でて和風に味付けしたパスタを完成させた。

口頭でレシピを教えただけで神様はしっかりやってのけた。最後に散らした薬味ネギの小口切りも申し分ない。

「醤油の香ばしい香りがマヨネーズをそそるでござる」

食欲をそそられている神様の頬には、玉ねぎで流した涙が光っていた。

正体不明の男の子と、一緒に作った料理を囲んで手を合わせる。よく考えたら非常識でおかしな光景だ。しかし大きな口を開けて美味しそうに食べる姿は何処となく弟に似ていて、美味しいものを作ろうと真剣に料理と向き合っていた姿は、若い頃の自分を見ているようだった。

「して弁当屋。告白をする気にはなったか？」

「またその話？　いないよ、そんな相手は」

「それで騙せると思うのか？　嘘はつけても神様と自分自身は騙せぬぞ。弁当屋の顔は、恋をしている人間のそれでござる」

「よく分かるねこの顔で。参ったよ」

すでに詰んでいる恋に悩んでいる、どうしようもない自分。そして知ってか知らずか家にも内情にも入り込んでくる、騙せない神様。降参だ。

「でも何もしないよ。それは彼女のためでもあり、自分のためでもある。許されない事だからね」

僕が許されているのは弁当作りだけ。それ以上は神木さんを困らせてしまう。そんな事は不本意だ。

「許しておらぬのは弁当屋、おぬし自身であろう」

「鋭いな。その通りだよ。僕は許せない」

折角取り戻した素敵な笑顔を曇らせてしまうなんて、考えただけで呵責《かしゃく》に堪えない。

「神様は許すぞ」

「ありがとう。よく分からないけど、その気持ちだけ受け取っておくよ」

これからも神木さんが笑っていられるように、僕は弁当で応援していく。少しでも彼女の支えになれるのであれば、それでいいじゃないか。彼女が幸せなら、それでいい。

「しかしな弁当屋。見たくないものに蓋をしておると、知るべき本当の事も見えぬままなのだ。蓋はいつか開けなければならぬ」

完食した神様は勝手に冷蔵庫の扉を開け、これも今朝作って冷やしていたプリンを見つけて食べだす。

「意味深な事を言うね。見たくないものって何だい？」

「真実でござる。お主は見ているようで、まだ見ておらん。知っているようで、実はまだ知らぬのだ」

何を言っているのか分からない神様の言葉が、何故か心の不安定な部分を震わせる。神様は何食わぬ顔をして、スプーンの上で震えている最後の一口を頬張った。

「さて。明日は何かな？」

「おい。明日も来るのか」

食事と後片付けを終えると神様は大人しく帰っていき、入れ違うようにして帰ってきた弟が大好物のチャーシューを見つけて夜食をせがむ。

「お前、好きな人いるだろ」

「ええええっ？　何で分かるの？　兄ちゃんエスパーかよ」

見ていれば分かる。バイトの回数も増えているから相手はコンビニの店員か、常連客といったところだろう。

照れているところも可愛い弟の恋が、どうか上手くいきますように。神に祈ったはずだったが、脳裏に浮かんだのは、あの神様だった。

見ているようで、実は知らない。神木さんと八幡君、二人の真実を目撃してしまったが、僕は知らないことになっている。諦め切れないでいるのは、彼女の口から直接事実を聞いていないからかもしれない。

だとしたら、この先のない悩みにも終着地点が出来る。今は婚約中の二人も正式に結婚となれば職場に報告するだろう。八幡君とは部署は違うが、同期の誼《よしみ》がある。神木さんとも交流がある。きっと二人なら僕にも話してくれるはずだ。

その瞬間、僕はこの恋を完全に終わらすことが出来るということか。ただその時が来た際には、心から祝福できるように覚悟しておかなければならない。

「本当は蓋をしておきたいところだけど、開けなければいけないな」

「え。何か言った？」

「仕込みの話だよ」

同じタレに付け込んで作った卵を乗せたチャーシュー丼を、神様に負けないくらい美味しそうに弟が頬張る。一口が大きいところがよく似ている。それにしても、あの神様の目は一体どこまで僕を見透かしているのだろうか。

「そのプリンも美味そうだね」

「まだあるから後で食べればいいよ」

神様をマネして大きくすくったプリンが、スプーンの上でフルフルと震えた。


宣言通りに神様は翌日もやってきた。

「さて、先生殿。今日もよろしくでござる」

「ここはいつから料理教室になったのかな」

そのまた翌日も。

「腹が減ったな。今日は何？」

「僕は君のママじゃないよ?」

更にその翌日は、残業で帰りが遅くなってもやってきた。

「疲れたであろう。さぁ、今日も美味い飯を作ってやるでござる」

「押しかけ女房か」

料理を覚えてもなお連日やってくる神様。しかし心のどこかで不思議と彼が来るのを待っている気もする。

毎回繰り広げられるマヨ神様のご乱心にはうんざりするものの、一緒に料理をしていると、彼の存在が僕の心を落ち着かせる。そんな瞬間が確かにあった。

神木さんとよく食事をするという神様から、彼女の好みを聞き出して作った弁当は特に喜んでもらえた。弁当箱と一緒に彼女の元気な笑顔が返ってくる。想いを伝えることは叶わないが、これで良いんだと僕は満足していた。

◆

蓋をしようとした手が止まった。

早朝のキッチンに立っていた僕は、出来上がったばかりの弁当を前にして呆然とする。神木さんへの弁当。そこに詰めていたのはおかずではなく、彼女にもっと近づきたいという気持ちであると気付いてしまった。認めざるを得ないほどに、それはハッキリと現れていた。

いつもの弁当と変わらないように見えても、うまく隠れているだけで確かにそこに存在している。作った本人だからそれがよく見える。

これは懸念していた事だった。大事な過去を思い出させてくれた彼女を応援する事で、少しでも支えになりたい。そんな弁当にいつか下心が入ってしまわないかと気がかりでいた。そして恐れていたそれは現実の物になった。

こうなってしまっては仕方がない。僕はゆっくりと蓋を閉じた。これが最後だな。そう呟いて、弁当を黒いミニトートバッグに入れた。

「おはようございます。谷城さん」

今朝のバスは混み合っていたため、下車して声を掛けられるまで彼女がいたことに気が付かなかった。

「おはようございます。神木さん」

いつものように弁当を差し出すと、神木さんは笑顔でそれを受け取った。

「谷城さん。明日、良かったらまたご飯に行きませんか。ちゃんとお礼がしたいので今度こそご馳走します。美味しいお店を見つけたんですよ」

「ありがとう。その気持ちだけで十分だよ」

「もしかして、時給で働く私の財布を心配してます？　大丈夫ですよ。実は両親に話したら、ちゃんとお礼をしなさいってお食事券をくれたんです。会社からの貰い物みたいですけど。今度は二人で行き……」

神木さんが言い終わる前に、僕は首を横に振った。

「礼ならもう貰ってるよ。神木さんの笑顔は僕も含めて皆を元気にしてくれるから。スーベニールランドの顔である君に貢献出来たんだと思ってるよ。でも弁当は今日で最後にしよう。このままじゃ本当に僕は、神様が言うように弁当屋になってしまうからね」

これからも僕は神木さんを応援する。弁当が無くても。神木さんというスタッフを尊敬する一従業員として。

「今までありがとう。いつもきれいに食べてくれるから作り甲斐があったよ。楽しかった」

「こ、こちらこそ。ずっとご厚意に甘えっぱなしで。……本当に、ありがとうございました」

今日のお弁当はいつも以上に噛み締めて食べます。そう言って頭を下げた神木さんは、笑顔で手を振って管理棟へ入って行った。

手を振り返した僕も笑ったつもりではいたが、きっと表情は動いていないだろう。仮面と呼ばれたこの顔にも利便性はある。言葉や態度で示さない限り、神木さんが僕の気持ちを知る由はない。

彼女の姿が見えなくなると、僕はその場で項垂《うなだ》れて肩を落とした。これで良かったんだ。

いつもと同様きれいに洗われて返ってきた弁当箱には、彼女の字が並んだメモが添えられていた。これが最後のファンレターだ。いつもなら真っ先に読むのだが、気分が滅入《めい》っている今日は帰ってからにしようとポケットに仕舞った。

食事も弁当も神木さんのために断ったはず。しかし後悔の念に苛《さいな》まれそうになる自分に「これが正解なんだ」と言い聞かせて気持ちを抑え込む。

誰にも会いたくない。そんな気分になるものだと思っていたが実際は違った。帰宅した僕は何度も玄関を振り返っていたり、もう弁当は一人分しか作らないのに食材を沢山買い込んだりしていた。

そしてインターホンが鳴ると、弟より先に神様の顔が浮かぶのである。彼を待っている自分がいる。こんな夜でもそれは変わらなかった。

玄関を開けようとドアノブを握った刹那、ドアのすぐ外から聞こえる声に手が止まった。

「ポコ侍さん。ここはどこ？」

「誰がヘッポコだ。何しに参ったお嬢？」

やはり来ているのは神様だ。そして神様と会話をしているのは間違いなく神木さんの声。どうして彼女がここに……。

「夜ご飯食べた後、いつも散歩するって言ってベランダから出ていくけど、マヨネーズを抱えて行くし、人間の姿でこっそり裏口から帰ってくるし。おかしいと思って跡をつけてきたんだよ。で、ここはどこなの？」

ベランダから散歩。人間の姿で裏口。会話の内容はさっぱり理解できないが、このまま盗み聞くのも気が咎《とが》める。

僕はそっとドアを開けた。目が合った神木さんは、まるでお化けと遭遇したように目を見開いて驚愕《きょうがく》していた。

「弁当屋の家でござる」

その横で神様が平然と答えた。

「取《と》り敢《あ》えず中に入りなさい」

「うむ。邪魔するでござる」

いつも遠慮ない神様だが、毎回脱いだ靴はしっかりと揃《そろ》えている。

「神木さんもどうぞ。風邪ひくよ」

「は、はい。お邪魔します……」

おずおずと中に入った神木さんだが、キッチンで勝手に冷蔵庫を開けようとしていた神様に透《す》かさず注意する。何も知らない様子の神木さんに、僕はここに至るまでの経緯を話した。

「谷城さんごめんなさい。ポコ……じゃなくて、私の友人が図々しいマネを」

「それがしは自分で作っておるのだ。食していただけのお嬢に言われる筋合いは無いでござる」

「いつも私のおかず盗んで食べてるくせに。人の家に上がり込んでまで食べてるなんて知らなかったよ。恥ずかしい」

「夜中にこっそり男の跡をつけるなど、お嬢はいつからそのような恥ずかしい娘になったのだ。ストーカーでござる」

「食いしん坊」

「破廉恥娘め」

「その辺にしておこうね」

睨《にら》み合《あ》っている二人の間に割って入った。

「いいよ。僕は構わないから。さぁ作ろうか神様。そのために来たんだろ」

「うむ。ご指導願おう」

「神木さんも食べていくといい」

「いいえ、私はもう……」

「彼はお世辞抜きで上手だよ」

「では。すみません……」

神様は食べるまで帰らないだろう。かと言って女の子を一人で帰すわけにもいかない。リビングに神木さんを待たせて、僕と神様はキッチンに立った。

「して。今日は何だ？」

「寒い季節にピッタリな物にしよう」

「ほぉ。さては、寒さで引き締まり脂ものった魚を刺身にして、寿司を握るのだな」

「それなら寿司屋へ修業に行ってくれ。簡単で美味しい煮込み料理だよ」

まずはキャベツを洗い、加熱して柔らかくする。今日もマヨネーズを持参し、食への拘《こだわ》りが強い神様の仕事は丁寧で、芯の固い部分を包丁で削《そ》ぎ取る手つきも問題ない。

涙を流しながら玉ねぎを刻み、卵白を切るように手早く卵を溶く。パン粉を牛乳に浸し、ひき肉にマヨネーズを入れる。これで神様のテンションが上がるだけでなくジューシーな仕上がりになる。

たねをキャベツで包む作業は難航した。欲張ってたねを大きくするからだ。スープで煮込んだら角切りトマトを加えて更にひと煮立ち。

「いい匂いがしますね！」

不安そうな様子でいた神木さんの顔に笑みが浮かぶ。

「出来たよ。ロールキャベツ」

「よし。では仕上げにスペシャルソースをかけるでござる。こら何をする弁当屋！」

デニムのポケットから取り出したマヨネーズを、神様の手から取り上げた。

「これは必要ないよ」

「ええい曲者《くせもの》め！」

「今日はマヨネーズも作ってみよう」

「お主は天才か！」

簡単に言えば卵黄と酢と油を混ぜれば出来るマヨネーズだが、油断して失敗することも多い。コツは卵黄を常温に戻すこと。料理を作っている間にそれはしておいた。分離をしないように油は少量ずつ加え、入れるごとにしっかりと攪拌《かくはん》する事が大事だ。今日は料理に合わせて酢の代わりにワインビネガーを使い、マスタードを少し加えた。神様はいつも以上に真剣な面持ちで取り組んで手作りマヨネーズを完成させた。

食卓は二人用サイズで椅子も二脚しかない。リビングの丸いローテーブルに料理を並べて三人で囲むと、三人で焼肉を食べたあの日の事を思い出した。

「神木さん。焼き肉屋で僕が言った事を覚えているか？」

熱々のロールキャベツに息とマヨネーズをかけながら頬張る神様の横で、美味しいと喜んで食べていた神木さんの手が止まる。

「僕は君に、忘れる必要はないと言った」

今度こそ元カレを忘れる。そう宣言した彼女に、その必要はないと僕は言った。

「それは、無理してそうしようとしているように見えたからだ」

僕と同じように忘れたくない過去が、その中にあるように感じたからだ。

「僕は料理で沢山の失敗を経験してきた。でも、その失敗を知らなければ今の僕はなかった。辛い過去は切り離してもいいんだ。けど辛い気持ちの裏には幸せだった思い出もあったはずで、それを全て無かった事にしなくてもいい。僕はそう伝えたかった」

大切な思い出を忘れて自分を見失い、満足のいく仕事が出来なくなっていた僕のように、大切な過去を無かったものにして、今の神木さんらしさを見失って欲しくはなかった。

「色んな思いを経験したから今の神木さんがある。今の神木さんだから僕は……」

煮え切らない気持ちを抑え込んでいた落し蓋が浮きそうになり、慌てて火を消すように口を噤んだ。今のは危なかった。吹きこぼれてしまうところだった。本人を前にしてうっかりでは済まされない。

「……要するに、乗り越えようとしている君を応援していることに変わりはない。それだけは、分かってもらえるだろうか」

僕が言ったあの日の言葉は、君の決意を否定したわけじゃない。本心は伝えられなくても、これだけは伝えておきたかった。

突然こんな事を言われて困惑するだろうかと思ったが、神木さんは笑顔で「はい」と答えた。

「あの後、考えてました。谷城さんの言葉の意味。きっとそういう事なんだって思ってました」

ロールキャベツから上る湯気を眺めながら、神木さんは続ける。

「谷城さんが作ってくれるお弁当は、いつも私を励ましてくれているみたいでした。応援してもらえてるんだって感じてました。だから、分かります」

「そうか。それなら良いんだ」

神木さんが元気を取り戻せるように。笑顔でい続けられるように。そんな思いで作っていたはずの弁当には、気が付けば僕の私欲が詰まっていた。気付かれなかったのは良かったが、後ろめたいものが拭えない。食事に集中する振りをして神木さんから目を逸《そ》らした。

「それにしても神様が料理をするなんて。しかも上手だし」

「お嬢も弁当屋の手解きを受ければよかろう。料理も掃除も親任せでは、いつまでたっても嫁になど行けぬでござる」

神様も、八幡君の事を知っているのか。

「それは勘弁してくれ。僕は弁当屋でも料理教室の先生でもないからね」

流石に八幡君も、婚約者が男の家に出入りするなど許さないだろう。僕も快く花嫁修業をさせてあげられるほど寛大にはなれない。

「すいません谷城さん。神様が変なことを言って」

結婚の話には一切触れない。まだ八幡君との事は隠しておきたいのだろう。

「そう言えば。二人は親睦が深いようだけど、同級生かな？」

話題を変えようと、二人の仲の良さについて質問を投げかけた。

友人だと神木さんは言うが、二人は友達や恋人や家族でもない、それ以上でも以下でもない、不思議な何かで繋がっているように感じて、それが一体何なのか気になっていた。

「年端も行かぬ子娘と同じにするでない」

態度が大きく遠慮も無い彼の言動には老獪《ろうかい》さがある。でも、どう見ても二十歳そこそこの青年でしかない。

「しかし一緒に暮らしておるのでな。寝食を共にしておると、そうなるのも道理」

ロールキャベツを飲み込もうとした正にその時の衝撃発言。ごくりと飲み込んだ音は、静まり返った室内でハッキリと響いた。見れば神木さんも飲んでいたお茶で噎《む》せている。神様はひたすらに食べる手を動かしている。

「あ、あの谷城さんっ。誤解しないでくださいね。これには訳があるんです。私がつい拾って帰ったものだから、追い出せなくなって」

「神様、君は拾われたのか？」

「あ、いえ、えっと……。何からお話すれば分かってもらえるのかな。どうしよう。ねぇ、黙ってないで何か言ってよ」

「うむ。それがし神様でござる！」

「その常套句《じょうとうく》、今要らないから！」

「聞いちゃまずい話だったかな？」

慌てた様子の神木さんだが、否定はしないようだ。

僕の弁当も、神様の同居も許してしまう八幡君の理解し兼ねる鷹揚《おうよう》さに、底知れない愛情の深さと絶対的な信頼関係を垣間見《かいまみ》たようで、改めて敗北を感じる。

「弁当屋。なに敗北したような顔をしておるのだ。戦ってもおらぬのに」

「してないよ。そんな顔は」

虚勢を張ったところで神様はお見通しのようだ。顔には出ていないと思うが、仮面の下は図星を突かれて悄然《しょうぜん》としていた。

「隠せば無いのと同じ。しかし無かった事には出来ぬと申したはずだ」

何の話をしているのかと神木さんが首を傾げている。

「大丈夫だよ。食べてしまえば、皿は空になる」

気付かなければ隠し味は無いものと同じ。料理は食べてしまえば残らない。僕もいつかこの気持ちを消化できるはずだ。

「記憶には残るでござる」

神様はスープの一滴も残さずに完食して手を合わせた。

「人間は忘れる。前へ進むために置いてゆくのであろう。しかし手放さないものもある。それは望みでござる。忘れたくないと望む。心に刻んで記憶に残す。だから無には出来ぬのだ。望む限りな」

「…………」

僕は何も言い返せなくなった。

僕から見ればまだまだ子供だと思っている弟と年が変わらない神木さんに、自分が恋をしていると気付いた時は困惑した。彼女が結婚をすると知っても、諦め切れずにいる自分にも今、本当に困っている。でも相手が神木さんだからこそ、そんな自分を拒もうとはせず向き合って悩んできたんだ。

彼女に恋をしたこともまた思い出になる。無かった事には出来ないと自分がそれを望むから、きっと残る。想いを伝えられなかった後味の悪さも忘れないだろう。後悔は忘却を許さない。

出来る事なら苦みは少なくしておきたいのが本音。仕方がなかった、これで良かったと薬味で胡麻化《ごまか》すのではなく、手間をかけて本来の味から少しでも苦みを抑えたい。彼が言うように人間は望む。大人げなく望んでばかりいる自分を認めて許せたら。そんな事をまた望んでしまう。

「前にも申したであろう。神様は許すでござる」

「……そうだったね」

まったく。本当にこの神様は急所を突いてくるから堪《たま》らない。

「それじゃ、神様。食後のデザートを買ってきてもらえないかな」

「肉まんでござるな」

「スイーツで頼むよ」

自宅の裏手にあるコンビニを教えて財布を渡す。

「それなら私が買ってきます」

神木さんが立ち上がるより早く、神様は脱兎《だつと》のごとく飛び出していった。

「あれは絶対、肉まん買ってきますよ」

神木さんが不安気に神様を見送っている隙に、僕は深呼吸をした。

「神木さん」

振り返った彼女に座るように促す。

「弁当作りを断った、本当の理由を話すよ。聞いてくれるか？」

一瞬静止した彼女が、息をのむように頷いた。

「女の子に弁当を作ったのは初めてでね。良い気分転換をさせてもらったよ。料理を始めた頃の、誰かのために作る楽しさも思い出せた」

また食べたい。あの言葉は、今でも仕事の原動力になっている。

「これからも君を応援していきたい。そんな気持ちで作っていたはずだった。でも、気付いたんだ。神木さんへ作る弁当に、別の気持ちを詰め込んでいる事に」

まだ食べかけのロールキャベツから湯気が消えている。

「偶然聞いてしまったんだ。倉庫で、八幡君が君にプロポーズをしているのを。黙っていて悪かった。でも君への気持ちがハッキリと分かってしまったから、受け入れるのに時間がかかったんだ」

料理は冷めていくが、そのうちこっちから湯気が出るのではないかと思う程に、自分の体温が上がっていくのを感じる。

「婚約者がいると分かってても、僕の気持ちは変わらなかった。神木さん。僕は君の事が好きだよ。だから、もう作れないんだ」

君の事はちゃんと諦める。それは約束する。だから気持ちを伝えたいと望んだ僕の我儘《わがまま》を、どうか許してほしい。嫌われても構わない。それはもう覚悟の上だ。

それまでじっと僕の目を見て、話を聞いてくれていた神木さんが突然、どういう訳か神様が置いていったマヨネーズを飲もうとした。

しかしすんでのところでグラスに持ち替えた。どうやらお茶を飲もうとして間違えたらしい。その様子は明らかに狼狽《ろうばい》している。

驚かせてすまない。謝ろうとする前に、お茶を飲んだ神木さんが口を開く。

「それは誤解です！　レイジ君は、八幡さんは婚約者じゃありませんっ」

予想外の言葉と、彼女の勢いに面食らう。

「……おかしいな。確かに僕はこの耳で聞いたよ」

なんてところを見られちゃったんだろう。そう呟いて首を振っている。

「八幡さんの事は、職場以外ではレイジ君と呼んでます。レイジ君は私のお兄ちゃんです。実の兄ではありませんが、家族のように一緒に育ちました。血は繋がってなくても、レイジ君は私の大切なお兄ちゃんです」

顔を赤くしてお茶を飲み干した神木さんは続ける。

「あのプロポーズは、私に言ったんじゃありません。レイジ君のプライベートな事なので詳しくは話せません。でも違います。私達は仲良しだけど、そんな関係じゃありませんし、私にそんな相手はいませんから！」

そこまで一気に話すと、空になったグラスを叩きつけるようにテーブルへ置いた。そのまま震える手で握りしめている。

「そうだったのか……」

頭の中がにわかに真っ白になる。

「と、とりあえずグラスを貸して。お茶を入れてこよう」

テーブルの上でグラスがガタガタと鳴っている。もし割れでもしたら危ない。慌ててグラスを取り上げようとする。震えている手に触れた瞬間、まるで穴が開いてしぼんでいく風船のように神木さんは身を縮めた。

「……驚いちゃって、つい。ごめんなさい」

「謝るのは僕の方だよ」

グラスにお茶を入れなおして戻っても、神木さんはまだ興奮状態でいた。耳の先まで真っ赤になっている。可哀《かわい》そうなことをしてしまった。彼女が落ち着くまでは、この話は一旦保留にしよう。

「はい、どうぞ。温かいお茶の方が良かったか？　そうだオレンジがあるんだ。ジュースを作ろうか？」

「あの。谷城さん。……メモ、見ましたか？」

メモ？　とオウム返しをして思い出す。弁当箱に添えられた最後のファンレターを、ポケットに入れたままにしていた。

「いや。これが最後だから後でゆっくり見ようと思っていたんだ」

「……見てもらえますか。今」

言われてポケットから出す。今までの感謝の気持ちが、小さなメモいっぱいに綴《つづ》られている。最後まで読むと残り一行の空行に、裏に書かれている文字がうっすらと透けて見える。裏返したそこにはたった一言。谷城さんが好きです。と書いてある。

時が止まったようだった。言葉が出てこない。

互いに黙って見つめ合っていた。静寂に包まれたリビングで鼓動だけが激しく鳴り響いている。

「ただいまー」

そこへ帰ってきた弟の声が静寂を破った。

「あれ。誰か来てると思ったら、神木さん？」

え？　僕と神木さんが声を上げたのは同時だった。

「……おかえり。彼女を知っているのか？」

「うん。よくコンビニ来てくれるから。なーんだ、玄関に珍しく女物の靴があるから兄ちゃんの彼女が来てるのかと思ってさ。ちょっと緊張したんだけど」

スーベニールランド前のコンビニで弟は働いているが、まさか知り合いだったとは。

「兄ちゃんこそ神木さんの知り合いだったんだね。驚いたなー。……あれ？　何で二人ともそんな顔真っ赤？　酒飲んでるの？」

「異なことを申すな。これはラブでござる」

「らぶって？……ってゆーかお前誰だよ？」

肉まんを手に神様が戻ってきた。

「ど、どうして小宮君が？」

「ん？　だってここ、俺の家だもん」

疑問符を浮かべた目が僕を見た。

「僕の弟だよ」

「小宮君が、谷城さんの弟さん？　でも、名前……」

「僕は父親の、弟は母親の苗字《みようじ》なんだ。両親は夫婦別姓でね」

「複雑なんだよね。血は繋がってるのに顔も性格も似てないから兄弟に見られることはほとんどなくてさ。ところで……」

頭を掻きながら僕と神木さんを交互に見ていた弟は、やがて二人の間に流れている空気を感じ取ったようだ。

「まさか二人って……そういう事なの？」

更に赤くなった顔を隠すように神木さんが俯く。

「うっそ。いつから？」

「改めて紹介するよ。神木尋心さん。僕の、大切な人だよ」

僕は気持ちを抑え込んでいた蓋を外した。顔を上げた神木さんはホッとしたような、それでいて照れているような笑みを浮かべる。

「ど、どうも。今日から、そういう事になりました神木です」

「マジで！　うわーすげぇ。俺、嬉しいよ。ありがとう神木さん」

「ありがとうって、何？」

「だってさ。いっつも仮面被ってるみたいに顔が硬い兄ちゃんの、こんな嬉しそうな表情は滅多に見れないから」

「そんなじろじろと見てくれるな」

凝視してくる二人から顔を背けると、神様が肉まんを頬張りながらキッチンに入って行くのが見えた。まだ何か食べるつもりだろうか。僕の視線に気づいた弟が神様を追いかける。

「さて。一献《いっこん》傾けるとするか。お主は未成年か？」

「俺？　来月で二十歳だけど。何勝手に人ん家《ち》の冷蔵庫開けてんの？　誰なの？」

「まだ小童《こわっぱ》か。ならばこのオレンジでも齧《かじ》って飲むか？」

「いや、いらないいし。何でオレンジ。せめて絞って」

「ならば。これを飲むでござる」

「それマヨネーズじゃん。ボケとか要らないから誰なのか教えて」

「それがし神様でござる」

「は？　いや、だからボケとか要らないって」

「ボケてなどおらぬ」

「だったら誰だよ？」

神様に翻弄される弟はやはり可愛いが、隣で笑っている神木さんの、抱きしめたくなるような可愛さには参ってしまう。

「神様は許すぞ。弁当屋」

そう言って神様は僕に缶ビールと肉まんを差し出した。

僕は弁当屋ではないが、大切な人へ弁当を作り続けている。

あれから神様は来なくなった。神木さんとの訳ありな同居は続いているらしく、家では日々マヨネーズを作っていると言う。

どこまでも正体不明で不思議な彼だが、一番不思議なのは、また神様と一緒に料理をしたいと自分が望んでいる事だ。

散歩の神様

まだまだ子供だと思っていた七つ下の妹分が、二十歳になった途端に彼氏が出来た。ここは兄として祝い、家族として喜び、大人として温かく見守るつもりでいるが。

『レイジ。その谷城君ってのはどんな男だ？』

電話の向こうで心配やら不安やら疑いやらを、露骨に垂れ流している実兄の気持ちはよく分かる。

「落ち着け、真守《まもる》。そうだなー。外面が良いお前とは違って、表情がやけに硬くて仮面付けてるみたいな奴《やつ》だな。あと俺らとタメ」

『おっさんじゃないか』

「言うなよ。俺はまだ違うからな」

同級生の真守は、ガキの頃から遊んだり喧嘩《けんか》したり、勉強したりサボったりしてきた旧知の仲。兄弟のようで家族じゃない、友人のようでそれ以上の存在でいる。

真守にはヒロコという実の妹がいる。真守と一緒に子守をして成長を見守ってきた俺にとっても、ヒロコは大事な妹分だ。

ヒロコは遊園地スーベニールランドでアトラクションスタッフのバイトをしていて、相手の谷城君も同じ遊園地内にあるレストランでコックをしている。職場恋愛ってやつだ。そして俺もスーベニールランドに勤務している。谷城君とは同期で、ヒロコは直属の部下にあたる。

谷城君が暮らすマンションに招かれ、飯をご馳走になり、二人揃って「お付き合いを始めました」と交際宣言をされたのは数時間前の出来事。

「ヒロコが決めた相手だから信じてやれ。でもまぁ、職場の若い女の子に手を出す奴だからな。半信半疑なのは分かる」

電話の向こうで真守が頷いているのも分かる。

「でも安心しろ。谷城君の飯はうまい」

『それのどこに安心しろと？』

「あいつ毎日弁当作ってもらってんの。いつも幸せそうに食ってるよ」

『餌付けされてるとしか聞こえんのだが』

今は地方にいる真守に妹を託されているから、真実を報告してやるのは義務だと思っている。

「正月には帰ってくるんだろ？　その時に紹介するって言ってたぞ」

『そうだな。自分の目で確かめた方が良さそうだ。ところで。レイジの方はどうなんだ？　沙羅《さら》さんと、あれから一年になるけど』

恋人の沙羅もまた、スーベニールランドに勤務している。俺も職場恋愛中なわけだ。

付き合いだして四年目。同棲を始めてから、もうすぐ一年になろうとしている。

『年内にはプロポーズするって、この前言ってたよな』

「えー。そーだっけ？」

確かに言ったな。うん。先月言った。

『明日はハロウィンだ。そうやって惚《とぼ》けてる間に終わるぞ今年』

「まだ二カ月あんだろ」

『トリックオアマリッジ！　これで行け。明日行け』

「そんでハッピーウェディング！って言うかバカ。兄妹《きょうだい》揃って結婚ケッコンってうるさいんだよ」

まったく勘弁してほしい。最近、俺はヒロコを相手にプロポーズの練習をさせられた。


あれは勤務中の倉庫で、マップガイドが詰まった箱を荷台に乗せて運び出している最中だった。俺は昔から足が少し悪くて力仕事が苦手だ。ヒロコはそれを知っていて、頼みもしないのに手伝いに来た。そういうところは可愛いんだけど。

「もうすぐ一年ですよ。沙羅さんにプロポーズ。本当にする気あるんですか？」

　こういうところは生意気だ。

「ないわけないだろ。さっさと運ぶぞ」

「だったら練習しましょうよ。私が相手になりますから」

「練習ってなんだよ。いいから運んで。手伝って。これ重いんだって」

「私に言えないようじゃ、いつまで経っても出来ませんよ」

「あーもう。はいはい分かったよ。一回しか言わないからな。……結婚しよう。これでいいな。はい運ぶ」

「シンプルだけど、グッときますね。オッケーですよ、八幡さん。それで行きましょう」

「お前何しに来たんだよ」

　何がオッケーだ。思い出したら頭痛がしてきた。

『父さんと母さん、もうスピーチ用意してるらしいよ』

　そう言えばと思い出したように真守が噴き出した。

「一家揃って何してくれてんの」

『よく言うよ。あんな堂々と結婚宣言しておいて』

「あれは、あれだよ。挨拶だよ」

真守兄妹の実家の斜向かいには空き地がある。以前はそこに俺が暮らしていた家があった。古い木造の家で修理修繕を繰り返しながら住んでいたが、一人暮らしの俺には不必要に広かったそこを出て、別のアパートに引っ越した。土地を所有する俺の両親がすぐさま取り壊したから、今は影も形もない。

引っ越しの際、一家には同棲することになった彼女の存在を初めて話し、結婚するつもりでいると打ち明けた。ガキの頃から世話になっている兄妹の両親は特に喜んでくれた。

『レイジ、もしかしてお前……』

「変な空気感を出すな。別れてねぇからな」

今も沙羅とは、将来を見据えて同棲中だ。……そのはずだ。

電話を切って自室を出た。

沙羅がいる隣の部屋からは物音ひとつしない。特大の青いビーズクッションと、一人掛けの黄色いソファー。それぞれ好きな椅子を置いているリビングは、しんと冷たく静まり返っている。

谷城君の家から帰ってきた時、既に沙羅は自室に引っ込んでいた。ノックをしても声を掛けても返事はなく、気になってドアを開けてみれば部屋の中は真っ暗。その中で彼女は眠っていた。午後十時前。まだ寝るには早すぎる時間だった。

今日は沙羅と一言も話してない。いや、今日に限らずここ最近はこんな日が多くなっている。

職場が同じでも俺はアトラクションで、沙羅は運営企画と部署が違う。出勤時間も帰宅時間も違うし、休みも滅多に合わない。毎日一緒に飯は食えない。それでも互いにこのリビングで、少しでも二人の時間を作るようにしていた。

俺の引っ越しを機に始めた二人暮らし。些細《ささい》な喧嘩と仲直りを繰り返しながら、一緒に腹抱えて笑ってきた。そして機は熟したとプロポーズを決心した矢先、沙羅は「疲れた」「眠い」と言っては自室に引っ込むようになった。まるで俺を避けるように。

心当たりはあった。それは極秘で注文していたマリッジリング。十日前の休日に店から仕上がったと連絡が入り、その日のうちに受け取りに行った。沙羅が帰ってくる前に指輪は俺の部屋に隠したものの、ジュエリーショップのロゴが刻まれた紙袋を、うっかりリビングのごみ箱に捨てていた。

後で気が付いてこっそり処分したが、今思えばあの頃から沙羅の様子がおかしい。紙袋を見られて指輪の存在を察知された可能性は高い。

そこで生まれる疑問。そもそもこの同棲は、互いに結婚を意識していて、話し合って始めたはずだ。指輪に気付いてプロポーズを察したところで、一年という節目を目前にして、どうして今、二人の時間を避けるのか。

「最近どうした？」と探りを入れても「別に何にもないよ」とかわされる。何もないわけがない。今日こそ問いだそうと思ったがこの有り様。叩き起こしたところで、睡眠を妨害されることが何より嫌いな彼女の怒りを買うだけだ。喧嘩になって話し合いどころじゃなくなるのは目に見えている。

答えを求めて暗中模索のトンネルに入るが、抜けた先はいつも同じ終着駅。沙羅は結婚の意思が無くなっている。だから俺のプロポーズを避けている。そんな答えに辿り着く。

まさか、とは思いつつ。そんな憶測を否定できずに俺は逡巡《しゅんじゅん》していた。したくても出来ないんだよ、プロポーズ。本棚に隠した指輪も待ちくたびれて眠ってる。

◆

十月三十一日。普段は禁止しているコスプレが解禁される今日は、無料の更衣室や有料のメイクサービス等を用意していて、来園者の半数以上が仮装を楽しんでいた。

「ジャックオーランタン持ってる人に声かけると、お菓子くれるんだって」

「あっ。いたよ！」

制服姿でウサギの耳を付けた女の子二人組が、俺を見つけて駆け寄ってくる。

「トリックオアトリート！」

ウサギ達の声に、周りのお化け達も気付いて集まりだした。

「ハッピーハロウィン！」

そう返してランタンに詰まった飴《あめ》を一つずつ配っていく。小さなランタン型バケツに入っていた飴はあっという間に品切れになった。配布時間は午後一時から一時間の予定。あと四十分間、俺は飴を配りながら園内を全周しなくてはいけない。

飴を補充するために急いで事務所へ戻った。

「お疲れ八幡君。飴配り？　のど飴かハッカ味はないかしら？」

そこで運営企画部の牧《まき》さんに呼び止められる。

「お疲れ様です。残念、品切れです。あっても全部オレンジ味ですよ」

今の部署に異動する前、俺は沙羅と同じ運営企画部にいた。牧先輩は入社当時の俺の教育係だった。今日は近くの高校が午前授業で、生徒が沢山来ているという情報を聞き、ランタンバケツの数を増やした。

「ところで八幡君。今日は早く帰れるの？」

何だろう。飯でも誘ってくれる気か？

「ええ。今日は早番なんで夕方には終わりますよ」

すると牧さんは周囲を気にしながら距離を詰めた。

「沙羅ちゃん、早退したわよ。具合が悪いって」

「え。本当ですか？」

俺と沙羅が付き合っている事は、運営企画部では周知されている。けど同棲中であることは限られた人しか知らない。牧さんはそのうちの一人だ。

「本人はただの風邪だって言ってたけど。辛そうだったから早めに帰ってあげてね」

「はい。そうします」

風邪の引き始めは毎回喉から症状がでる沙羅だが、今朝の様子に変わりはなかった。本当に風邪なのか。最近になって部屋に籠りがちでいるのは、もしかしたら体調が優れなかったからなのか。

でもそれなら何故、俺に言わない？　指に少し擦り傷が出来ただけでも、逐一申告して食器洗いを頼んでくるあいつが、体調不良をひた隠して一人で耐えているなんて考えにくい。

他に理由があるように思うけど、仕事熱心な沙羅が早退するくらいだから、今は本当に具合が悪いのかもしれない。牧さんの言う通り、今日は早く帰ろう。


一時間の残業を余儀なくされたが、午後四時に退勤すると急いで帰宅した。

「ただいまー。沙羅、大丈夫か？」

玄関から、その先にある部屋に声を掛ける。脱いだ靴をしまおうと靴箱を開ける。すると沙羅の靴が一足無い事に気が付いた。先にあるリビングに明かりは無く静かだ。

沙羅の部屋の戸をノックするが返事はない。寝てるのか。

「入るぞー」

誰もいない真っ暗な部屋に俺の声だけが空《むな》しく響いた。引き返して、玄関前にあるトイレの戸もノックしたが沙羅はいない。風呂場、キッチン、ベランダ。どこにも姿はない。

「どこ行ったんだ？　具合悪いんじゃねぇのかよ」

独り言ちながらスマホを確認しても、一切連絡は入っていない。電話をかけても繋がらない。

「……なーんか、嫌な予感すんだよな」

もう一度、沙羅の部屋を覗く。かくれんぼ、なんかしてるわけないよな。電気を点けると誰もいないのは明らかだ。

まぁ、そのうち帰ってくるだろうから飯の準備でもしておくか。掃除やゴミ出しは当番制だが、夜の飯炊きは帰宅が早い方がするのがルール。今日は飯も掃除も俺がやっておこう。そんで沙羅が帰ってきたら、今夜こそ二人でちゃんと話そう。そう考えながら米を研いでいた時だった。

「まさか。出てったってことは、無いよな……」

家出。脳裏に突然不吉なものが過った。いやいや考えすぎだろ。それは流石にないだろ。……でも、まぁ確認だけはしておくか。それだけはないって分かれば、この嫌な感じも払拭出来んだろ。

「……おいおい。マジかよ」

再び入った沙羅の部屋。クローゼットにあるはずのスーツケースが無くなっている。これは一体どういう状況なのか。冷静になろうと思えば思う程、訳が分からなくなっていく。

やがて思い立って、顎を掻いていた手を止めた。沙羅が本当に出て行ったというなら、思い当たる場所はあそこしかない。

これは、行くしかないか。


そこはアパートから車で二十分もかからない場所にある。幹線道路から脇道に入ると急に静かになる住宅街。その角地に建つ臙脂《えんじ》色の屋根の一軒家。呼び鈴を鳴らすと間もなく、一人の女性が出てきた。

「突然お邪魔して、すいません」

「あら、礼二さん！」

沙羅とよく似た口元が俺の名を呼んだ。この女性は沙羅の母親。ここは、一年前に一度だけ来たことがある沙羅の実家だ。

「どうしたの？　沙羅が、何か忘れ物でも？」

「沙羅さんは、ここにいるんですね」

やっぱりそうか。沙羅の母親は俺の言葉に驚いている。

「もしかして、何も聞いてないの？」

玄関の中に招き入れられたが、こちらの事情を知った母親は訝《いぶか》しい顔で「ここで待っていて」と言って中へ入って行った。

暫くして母親は戻ってきた。そこに沙羅の姿はなかった。

「ごめんなさいね礼二さん。沙羅が勝手な事をして」

「いえ。それで沙羅さんのからだの具合は、大丈夫なんでしょうか？」

「ええ。……大丈夫よ。病院に行ってきたから。今は部屋で休んでるの。暫くここにいるみたいだけど……そのうち帰るだろうから、安心して」

会わせてはもらえないようだ。

病院に行ったということは、沙羅が言ったようにやはり風邪なのか。容体が気になるところだけど、取り敢えず居場所と無事は確認できたから、一先《ひとま》ず退くか。母親に頭を下げて、沙羅の実家を後にした。


今までこんな事はなかった。モヤモヤとしたものを抱えながらアパートに戻ったが、テレビを付けても床に寝そべっても落ち着かず、何か食おうとしたら炊飯器のスイッチを押し忘れていて米も炊けてなかった。

こんな時はアレだな。俺は再び暗く冷たい外へ出た。

一人でじっくり考え事をしたい時も、逆に何も考えたくない時も、俺は昔からこれを実践する。リフレッシュやストレス解消にも効果がある有酸素運動。なんてちょっとカッコつけたけど要はただの散歩。

目的もなくただひた歩く。気分次第で右へ曲がったり左へ曲がったり、直進したり。閑静な住宅街を抜け、専門店や飲食店が並ぶ賑やかな商業地帯を抜け、そろそろ帰るかと適当に自宅アパート方面へ向かう。

今日はなかなか歩いたな。背中に汗が滲んでいた。頭も少しはスッキリして、腹もしっかり空いている。あとは飯食って風呂で汗を流せば、なんとか朝まで寝れるだろう。

「沙羅のやつ。スーツケースなんか持って行ったけど、アパートの方が職場にも近いし、そのうち帰ってくるよな」

長く一緒にいれば色んな事もある。

「帰ってきたら、何も言わずに出迎えてやればいい」

一度の家出くらい大目に見るか。自分の耳に聞き入れるように呟く。

人通りも少なく、ひっそりとした川沿いを歩いていると犬の鳴き声がした。

進むうちにリードを引っ張っている中年男性と、キャンキャン吠《ほ》えている小型犬が見えてくる。男性がいくら叱咤《しった》しながらリードを引いても、犬は街路樹に向って一心に吠え続けて、その場から離れようとしない。

なんだどうした？　気になって擦れ違いざまに街路樹に近づいた。次の瞬間、ポケットに手を突っ込んでいた左腕に何かがしがみ付いた。その途端、犬は急に興味をなくしたように去っていく。

「うおっ……！」

左腕を見下ろして、ぎょっとした。俺はてっきり木から降りられなくなった子猫だろうと思っていた。しかし今、俺の腕にしがみ付いているのは、見たこともない動物だった。

「何だ、お前？」

「あっしは神様でござんす」

周囲に人はいないのに、至近距離から声がする。若くて低い男の声。気のせいというレベルじゃなく、それはハッキリと聞こえた。

「誰かいるのか？」

街路樹の裏を覗いても、やっぱり誰もいない。

「お初にお目にかかりやす」

「嘘だよな。お前がしゃべってるとか言わないよな」

月の光を反射させた丸い黒目が、俺をじっと見上げて頷く。そして口を開いた。

「あっしでござんすよ」

「やめろよな。マジで」

子猫じゃなかったが、可愛い動物だと思った。しかし喋《しゃべ》った途端に気味が悪くなる。

得体が知れないから余計に不気味だった。取り出したスマホのライトでそれを照らす。

灰褐色の毛、大きさは子猫くらい。円らな目、大きな鼻、笑っている口。

「何笑ってんだよ？」

「こういう顔でござんす」

「小動物」「笑う」で検索する。すると笑っているように見える犬や猫の画像に交じって、腕のこれにそっくりな動物画像を見つけた。詳細を見てみる。

「クアッカワラビー？　初めて見たな。……あー、成程な。お前、ここにいちゃマズいな」

カンガルー科の有袋類で、日本には生息していない動物。それが俺の腕にしがみ付いている。しかもしゃべっている。

「取り敢えず降りて」

「この旅、お供いたしやす」

「ただの散歩だ。降りろって」

正規の手続きを経ていない密輸。違法な実験によって言葉を得た新種。地球上の生物に擬態した地球外生命体。混乱する頭で捻《ひね》りだす可能性は、どれもヤバい匂いがする。これ以上関わると危険だ。俺の精神が。

「いいか。ハロウィンの夜だからって何でもありだと思うなよ。外国は知らねぇが日本のハロウィンはただの仮装祭りなんだよ。お前みたいなバケモンは出てこないんだよ要らないんだよ。分かったら離れろ」

「バケモノではござんせんよ。あっしは神様でござんす」

「分かった神様。もう黙れ」

言葉は通じても意思が通じない。これはダメだと諦めて強硬手段の全力腕振り。それでも懸命にしがみ付いて離れない。

「はぁ。……アホらしい。帰ろ」

無視することに決めた。相手にしなければそのうち離れるだろう。

もし家まで付いてきたら、その時はまた考えよう。俺は腕に神様を付けたまま歩き出した。目も合わさず黙って歩いた。数分後、アパートが見えて恐る恐る左腕を見た俺は安堵の息を漏らした。いつの間にか、あれは消えていた。

何も見なかった。そういう事にしておこう。

◆

月が替わって十一月一日。スーベニールランドは休園日だが、全社員出席の会議がある。しかし管理棟二階の大会議室に、沙羅の姿はなかった。

夕方に退勤すると、正社員登用試験の説明会に来ていたヒロコと合流して、車で家まで送る。急いで帰る必要はない。今日も、沙羅は帰ってこない事は分かっている。

「谷城君は？」

「今日は遅くまで仕込みなんだって。レイジ君こそ、沙羅さんと一緒じゃないの？」

助手席に座るヒロコは、会社の敷地《しきち》を出た途端に俺をレイジ君と呼んだ。職場では苗字で呼び合うルールを律義に守っている。

「あいつなら来てないよ。異世界へ旅立つんだとさ」

「それは、どういう意味？」

「俺が聞きたい」

赤信号で停止したタイミングで、スマホの画面を見せた。

電話にも出ず、うんともすんとも連絡を寄越さないでいた沙羅が、今日の午後になってやっと一言寄越したメッセージ。『しばらく異世界に旅立ちます』が表示されている。

「あいつ今、実家にいるんだよ。暫く帰ってこないつもりらしい」

「……それって、喧嘩でもしたの？」

「記憶にないから何とも言えん」

牧さんの話では、医者から安静を言われて急遽《きゅうきょ》、一週間の有休を申請したらしい。部長である牧さんがそれを受理したから、沙羅は今日から七日間出勤はしない。

「私、結婚とかよく分からないけど、色々あるんだよね。きっと」

「そうだぞ。一筋縄ではいかないんだ。だからもっと俺に気を遣え」

「よく言うよ。堂々の結婚宣言からもう一年だよ」

それはもうお前の兄ちゃんから言われたよ。

しかし、俺達《おれたち》にとって結婚準備の一環であるこの同棲生活。そこからまるでフェードアウトするような沙羅の行動。結婚の意思が薄れている説が益々《ますます》濃厚になってきた。これはもう、帰ってくるのを待つとか悠長な事は言ってられないのかもしれない。もう一度実家に行って、強引にでも連れ帰ろうか。

「昨日の沙羅さんはいつも通りだったけどなぁ。でもゲームが出来るくらい元気なら、きっと大丈夫だよね」

「は？　ゲーム？　沙羅に会ったのか、昨日？」

「うん。……聞いてないの？　私よく沙羅さんとゲーム内で会ってるよ。昨日も一緒に戦ったんだ」

「聞いてねぇよ。戦うってなんだよ」

「架空の世界でモンスターと戦うオンラインゲームなんだけど、沙羅さん私なんかよりずっと強くて詳しいから、いつも助けてもらってるんだ。……あ、異世界って、この事？」

「俺が聞きたい」

入社したばかりの頃、先輩の沙羅と親しくなったきっかけは、ガキの頃に俺が唯一ハマりにハマったテレビゲームの話をした事だった。しかし付き合うようになってから、沙羅がゲームをやっているところは一度も見たことが無い。

それなのに、ガキの頃から今も変わらずゲームばっかりしてるヒロコより強いって、相当な手練《てだ》れではないのか。

「レイジ君、うちでご飯食べてく？」

「今、この家の敷居《しきい》を跨《また》ぐ勇気は俺にはないな」

結婚の報告を今か今かと待っているヒロコの両親には悪いけど。

ヒロコを送った後、もう一度沙羅の実家に行こうと考えたが、結局そのまま自宅に戻った。沙羅から他のメッセージは来ていない。行ったところで俺に会う気がないのは分かる。

今は俺と直接的に連絡を取る気はないけど、ゲームにログインする事でヒロコを通して元気でいるのを伝えますと、そういう訳か。らしくないな。思った事は口に出して伝えなければ気が済まない質なくせに。

帰ってこない理由も見当が付かないし、沙羅がそう望むなら暫く様子を見るか。なんて割り切っても、一人の部屋は落ち着かなかった。自分の家なのにまるで寛げずに気が休まらない。こんな時はアレだなと、再び外へ出る。

ぶらぶらと適当に歩いて、そういや飯がまだだなとコンビニへ寄る。弁当をぶら下げながら当てもなく歩き、そろそろ引き返そうかとした時、思わず足を止めた。この先には昨夜歩いた川沿いの道がある。可愛いくせにしゃべる気味の悪い動物と遭遇した場所だ。

迂回《うかい》するか。躊躇う事無く踵《きびす》を返《かえ》す。動物は好きだがバケモノは別だ。思い出したくもない昨夜の出来事から遠ざかるように別の道を行く。

「散歩の旦那。この道で合ってるんですかい？」

突然聞こえた声に足が止まる。舌打ちしながら見下ろした右腕で、小動物が微笑んでいる。

「お前を避けて遠回りしてたんだろうが。何でいんだよ」

神様だと名乗っていた、昨日のしゃべる何とかワラビーがいつの間にかそこにしがみ付いていた。

「袖振り合うも多生の縁でござんす」

「袖振り合うどころかしがみ付いてんだろ。犬が怖いなら出歩くなよ」

周辺にはちらほらとだが散歩中の犬がいる。渋い声して人にしがみ付きながら、犬に怯《おび》えてニコニコしているお前の方が怖いよ俺は。

相手にしない方がいい。昨夜同様に無視して歩き出したが、右手に持っていたコンビニの袋をあさりだすからそうもいかなくなった。

「勝手に開けんな。器用だな」

手を伸ばした神様が、弁当の上にあるお菓子の袋を開けた。つい、いつもの癖で買っていた、沙羅の好物だ。

「これは何ですかい？」

摘まみ上げて物珍しそうに見ている。

「ポテチ。知らねぇのかポテトチップス。ジャガイモを薄く切って油で揚げたやつ」

「フライドポテトの兄弟分ですかい？」

「そっちは知ってんのか。そんなもんだよ。もうそれやるから帰れよ」

「こんな薄っぺらいもの、いくら食べたって腹の足しにはなりそうにございませんね」

文句を言いつつ、ぱりっと一口食べた。

「散歩の旦那。いくら彼女さんが出て行って寂しいからって、こんなものばかり食べるのはどうなんですかい」

「お前。……どうしてそれを知ってんだよ」

「へい。お答えしやしょう。それは、あっしが神様だからでございます」

「答えになってねぇし。もう一回聞くぞ。何故俺の事を知ってる？」

「散歩の旦那は耳が遠いんですかい？　ですから、あっしが神様だからで……」

「前から犬が来たな。可愛いから近づいて見るか。で、最後にもう一回聞くけど、何で知ってる？」

「本当は知りやせん。ただの、神の勘でございます！」

犬が通り過ぎていくと、それまで腕に跡が付きそうなくらい強くしがみ付いていた手が少し緩んだ。

「お前さ、何者なの？」

無視するのは諦めた。

「へい。では改めまして。あっしは鬼が住まう絶海の孤島の神でござんしたが、その島が消えた今は島から島への渡り神。名はござんせんが島の神様と名乗っておりやす。以後お見知りおきを」

ニコニコと口上を述べた。

「神様って言う、そこはもう譲らないんだな」

鬼とか島とか裏事情とか、そんなのはどうでもいい。深入りしたくないから寧ろ知りたくない。知りたいのは、こいつの正体。しかしこの先いくら聞いても神様だと言い張るんだろうな。

「それで散歩の旦那。彼女さんはどうして出て行ったんですかい？」

「神の勘ってやつに聞いてくれ。それから散歩の旦那ってのはやめろ」

勘で分かるような単純なものではないと思うけどな。

入社当時、運営企画部に配属になった俺に仕事を教えてくれたのは牧さんだが、忙しい牧さんに代わってサポートしてくれていたのが、先輩の沙羅だった。仕事は出来るのにどこか抜けている。頼もしい先輩の顔から時々覗くうっかりの可愛さに負けて告白した。

社内恋愛は珍しくはなかったが、沙羅は俺達の関係を周囲に隠したがった。先輩後輩である俺達の関係を仕事上で崩さないためとか何とか言っていたが、後に「ただ恥ずかしいだけ」と白状した。

昇進する形で今の部署に移り、仕事が忙しくなった俺は電車から車通勤に変えるため引っ越しを考えた。

最初はワンルームを探していた。時間も休日もなかなか合わない沙羅との時間をもっと増やしたいと考えた俺は、彼女が寝泊まり出来る部屋を探すようになって、それなら沙羅の要望も聞こうと二人で部屋探しをしているうちに、それならいっそのこと同棲しようと提案した。

将来的にもその方がいい。そう言って沙羅は承諾した。この頃にはお互いに結婚を意識していた。長く使うことを想定した家具を買い揃えて住み始め、二人で過ごすリビングに仕事は持ち込まない、といった二人だけのルールも増えていった。

「今までうまくいってたんだけどな。少なくとも俺はそう思ってた。……ところでさ。どうして俺は、こんな話をお前にしてるんだろうな？」

神様が腕から離れないまま、沙羅のいない家に向って遠回りをしていた俺は、いつの間にか沙羅との出会いから今に至るまでを話している自分に気が付いて、呆然とした。

「今のは独り言だと思ってくれ」

「長い独り言でしたね。でも聞く耳があれば、それはもう独りではなく語りでござんすよ」

ばっちり耳にしやした、と笑みを浮かべている。元からそういう顔か。

「語りたくもなりますよね。人は誰だって不安を抱えた寂しい生き物でござんすから」

「今はお前を抱えてるけどな」

犬の気配に怯えながら人にしがみ付き、人の言葉で人を語る動物。神様ってのは一体何だっけな。

「ところで、散歩の旦那」

その呼び方はやめないらしい。名前を教えるつもりはないから、まぁいいか。神様はさっきから人の腕で、パリパリと小気味いい音を出しながらポテトチップスを食べている。

「喧嘩でもしたんですかい？　パリッ！」

「してねぇよ」

「浮気がバレたんですかい？　パリッ！」

「してねぇよ」

「本当のところは、どうなんですかい？　ペロッ！」

「しつけぇよ。そのパリッ！　はやめろ。あと指を舐《な》めるな」

腹の足しにならないとか言っておいて、めっちゃ食ってる。

「まぁ、心当たりは、無くもない。俺達は結婚準備の一環で同棲を始めたようなものだからな。それが嫌だっていうなら、つまりはそういう事かもな」

結婚する気が無くなった。俺のプロポーズを察して逃げた。そうとしか思えなくなってきた。

「成程。それは噂《うわさ》に聞くマリッジイエローというものでござんしょう」

「結婚にイエローカードで警告する気か。それを言うならブルーだろ」

こうして誰かに話してみると、それまで死角にいた自分が見えてくる。沙羅の様子を見るとか言ってるけど、結婚どころか別れ話が浮上する可能性に俺は怯えている。しかし肝心なものは見えてこない。

「言いたい事や思った事は、顔にも口にも出るやつなんだ。けど最近のあいつは、どうも隠したがるから見えないんだよな」

神様は「そうですかい」と呟くと、俺の肩までよじ登ってきた。至近距離に神様の顔がある。

「相手を見ようとするなら近づくよりも、離れた方が全体がよく見えるでござんす」

「そうだな。鼻しか見えねぇわ」

鼻がくっつきそうで顔を背けた。

沙羅の事なら何でも知っている。俺はいつからそんな風に思うようになっていたのか。誰よりも側にいるだけで、誰よりも彼女を理解しているつもりでいた。それは正しくないのだと、今の状況が物語っている。

見ているつもりでいただけ。そう言いたいのか。顔を戻したが、そこに神様はいなかった。腕にもしがみ付いていない。辿り着いたアパートの手前で、いつの間にか神様は消えていた。空になった袋を残して。

◆

少し早いが今日からクリスマスイベントが始まるスーベニールランドは、土曜日という事もあって多くの来園者で賑わっていた。星が散りばめられたツリーや、プレゼントのモニュメントが並ぶフォトスポットには長蛇の列ができ、どのアトラクションにも長い待ち時間が発生した。

トナカイやスノーマンの着ぐるみキャラクターが登場し、グリーティングが始まるとあっと言う間に人が集まって、牧さんがフォトサービスに追われる。これは本来であれば沙羅の仕事だった。

日が暮れると、通常の営業時間を伸ばして開催されるイルミネーションを目当てに更に来園者は増えた。期間中は連日残業を覚悟しているが、早く帰りたい理由もないから正直どうでもよかった。

大きなトラブルもなく終業して、午後八時に帰宅した。静かなリビングで飯を食いながら、今頃何をしているのかと沙羅の事を考える。連絡も、帰ってくる気配もない。

風呂に入る前に、今日も歩くかと外へ出た。

「本当に散歩がお好きなんでござんすね」

昨日や一昨日とは違うルートを歩いていたが、何となくこうなるような気はしていた。いつの間にか腕に神様がしがみ付いていた。

「またお前か」

「健康的な趣味でござんす」

「趣味っつうか、習慣だな。ガキの頃に事故で足を怪我して、リハビリで歩くようになってから」

小学校からの帰り道、俺は交通事故で足を負傷した。なかなかの大怪我だった。歩けるようになるまで時間はかかったし、今でも少し後遺症が残っている。あの頃は雨が降らなければ毎日、近所を散歩していた。

「のどが乾いた。そこのコンビニでコーヒー買ってくる。お前は目立つからここで降りろ」

「へい」

「誰が隠れろと言った」

ブルゾンのファスナーを開けて中に入ってきた神様が、今度は俺の腹にしがみ付いた。降りるつもりはないようだ。

「俺はカンガルーじゃねぇっての」

舌打ちしながらファスナーを上げ、腹に神様を忍ばせながらコンビニへ入った。数分後、コンビニから出た俺はコーヒー、神様はお菓子を持っていた。

「何勝手に買ってんだよ」

「旅は道連れ世は情けでござんす」

「何言ってんだお前」

コンビニのレジでコーヒーを出したら、腹からポテトチップスが出てきた。眉根を寄せる店員に、慌てて会計を済ませて出てきたところだ。神様は再び腕にしがみ付きながら、自分のカラダより大きな袋を器用に開けてパリパリと食べだした。

「昨日も思ったけど、動物がそんなの食って平気なのか？」

「大丈夫でござんすよ。あっしは神様ですから」

「成程な。分からねぇけど」

バケモノなら問題なしって事か。

「油のついた手で俺の服触んな」

「ところで散歩の旦那のそのご様子、彼女さんはまだ戻っちゃいませんね」

俺の訴えは無視して神様が微笑む。いや、もともとそういう顔だったな。

「結婚はお二人の問題でござんすが、するかしないかは各々の問題。散歩の旦那のお気持ちは、どうなんですかい？」

「俺の気持ちに変わりはねぇよ」

この一年、沙羅と暮らしながら土台を作って二人で踏み固めてきた。しっかりと固めたから、その上に二人で立っていられる自信もある。

「男にマリッジレッドはないんでござんすかね。散歩の旦那には、不安や心配はないんですかい？」

「だからブルーな。退場させんなよ。そんなもの俺には……」

無いと答えようとした口が止まった。脳裏に、ある日の出来事が浮かんだからだ。

あれは、リビングで沙羅とテレビを見ていた時だった。

大人の力は借りずに、子供だけで会いたい人に会いに行くという企画の番組で、その日は小学校低学年の男の子が主人公だった。単身赴任で遠方にいる父親の会社へ、会議で必要な物を届けるために半年ぶりに会いに行くという内容。

初めて一人で乗る新幹線では乗車に戸惑い、初めて訪れる場所では道に迷いに迷っていた。結局会議には間に合わなかったが、それでも会社で待っていた父親は辿り着いた息子を抱きしめた。母親が持たせた愛妻弁当は原形を留めず崩れに崩れていたが、父親はそれを涙しながら食べていた。

やってやったぜと誇らしげな男の子のドヤ顔に笑う俺の横で、沙羅は父親の涙にもらい泣きしていた。

「と、まぁこんな事があったんだ」

「彼女さんは涙もろいのでござんすね」

「感動する場面だってのは分かんだよ。でも親の気持ちってのは、俺にはよく理解できないんだよな。実の親とは暮らした事ねぇから、そういうのは抽象的で、もらい泣き出来る程の感情移入が出来ない」

二歳頃までは両親と三人暮らしだったらしいが、全く覚えていない。そんなものは無いのと同じだ。

「言っとくが両親は健在だからな。そんな憐れむような目をして笑うなよ」

「あっしはこういう顔なもので。親御さんはどうしたんですかい？」

「仕事が生《い》き甲斐《がい》の両親で、予定外に俺が生まれたもんだから、どっちが子育てするかで毎日揉めてたんだと。それを見かねたばあちゃんが俺を一時的に預かった訳だけど、一向に迎えが来なくてそのまま俺はばあちゃん家で育ったんだよ」

生活費やら教育費やらを潤沢に送ってきてはいたが、会いには一度も来なかった。俺が交通事故にあっても、入院費や花を送ってくるだけで病院には一度も顔を出さなかった。歩けなくて不自由な生活を支えてくれたのはばあちゃんと、同級生の真守、それから真守の両親。俺の親は様子を見に来ることもなかった。

「中学の時にばあちゃんが死んで、それからは一人だ」

葬式で両親と対面したが、特に会話は無かった。久しぶりに見た息子に二人が何を思ったのかは全く想像できない。俺はと言えば、まるで遠い親戚に会っているような感じでいた。親子という概念は、そこには微塵も存在しなかった。

「生活に必要な最低限のスキルはばあちゃんに叩き込まれてたから、一人暮らしでも困らなかったけど。自分がまだガキだって自覚はあったから心細くてな。近所のダチの家によく寝泊まりしてたよ」

真守とヒロコの両親は嫌がるどころか、俺のベッドを用意してくれた。あれには驚いたな。お邪魔します、と家に上がっても毎回「おかえり」と言ってくれる。今でもそれは変わらない。

「そこの両親見てきたから、親ってこういうものなんだなって想像は出来るんだ。でも、それはやっぱり直接的なものじゃないから、想像でしかないんだよ。見た事と経験した事では、概要は同じでも詳細は語れないだろ」

テレビ番組で、父親に会いたかった男の子の気持ちは分かる。俺は交通事故にあった時、足が動かない恐怖よりも、これでやっと親が迎えに来るという期待の方が強かった。

その期待を裏切られてからは、親の事を考えないように必死に近所中を歩き回っていた。それなのに、様子を見に来ていないかと、顔もろくに覚えていない親の姿を性懲りもなく探していたりもした。

「だからその時、思ったんだよな。この父親はどんな気持ちで息子を抱きしめて、何を思って崩れた弁当食ってんのかなって」

親に抱きしめられた経験が無い俺には、想像するしかない。でも想像は全て妄想の中の理想でしかなく、現実味がない。

「思っちゃったんだよな。俺は、こんな風に子供を抱きしめられる父親になれるのかって」

実際には思っただけじゃなくて、口から出ていた。ハッとして隣を見たが、涙を拭いたり鼻をかんだり忙しかった沙羅には気付かれていない。そう思った。

子供が好きで姪《めい》を可愛がっている沙羅が、将来的に子供を望んでいるのは明らかだ。

もしあの時、俺の呟きを沙羅が聞いていたとしたら。不安を零した俺に失望したかもしれない。結婚の意思に自らイエローカードを出したのかもしれない。

「男にもあるでござんすね。マリッジグリーン」

「だからブルーな。わざと言ってるだろ、お前」

俺は沙羅を幸せにしたいと思っている。あいつが望むなら子供だってほしい。でも愛し方が分からない子供を、俺は幸せに出来るだろうか。不安は、無いと言えば嘘になる。だからと言って口に出したのは失敗だった。俺の失態が沙羅の気を変えてしまったのかもしれない。

静かな夜道を歩き続けて、自宅アパートの前まで戻ってきた。何の解決にも至っていないが、気付けた事があっただけでも散歩に出てよかったと思う。

静かだな。腕を見下ろすと、そこに神様の姿はなかった。

◆

風もなく日が差していて暖かかった昨日から一転。日曜日の今日は雲に覆われた空の下で、冷たい北風に吹かれる寒い一日だった。

それでもスーベニールランドは寄り添うファミリーやカップルで賑わい、我が園自慢のレストランでは過去最高の売り上げ記録を叩き出していた。中でも谷城君考案のクリスマス限定ランチは好評で、ヒロコは自分の事のように喜んでは自慢してくる。

休日前に溜まっていた業務を片付けて、帰宅したのは午後十時。遅いし寒いし今日は散歩なし。明日は休みだのんびりするか。ごろんとリビングで横たわる。一人ってのはこんなに暇だったか。手慰みにスマホをいじる。今日も沙羅から連絡はない。

「冷えるでござんすね。こんな夜半でも散歩ですかい。暇なんですかい」

「あぁそーだよ。暇なんだよ。お前と一緒でな」

俺は散歩に出ていた。

突然神様が現れても、もう驚かない。時間や場所を変えたってやって来る。そういう暇なやつなんだこいつは。

夜道とは言え、明かりも人通りもある場所で神様とは歩きづらい。傍《はた》から見れば俺は、ぬいぐるみを身に付けて一人でしゃべっている男だ。下手すりゃ通報される。

大通り沿いを避けて、寝静まった住居地域の暗く細長い道を進む。散歩中の犬は一匹も見かけないけど、神様は今日も腕にしがみ付いていた。

手が冷えてきた。ホットコーヒーを求めて自販機を探していたら、道の先にコンビニの明かりが見えた。

「ちょっと行ってくるから、お前はここで待ってろ。嫌なら帰れ」

「そんな水臭い事を言わずに。この島の神がお供するでござんす」

「どうせまたポテトチップスを買わせる気だろうが。店内は動物禁止なんだよ」

「そうでござんしたか。あっしは動物ではなく神様ですが、仕方ござんせんね」

神様が腕から離れて路上へ降りた。今日はすんなりという事を聞くんだな。

「何やってんの？」

神様は何やらもそもそと動いていた。屈んで覗き込むと、手を頬にぐりぐりと押し当てて遊んでいる。

「こうして気合を貯《た》めるでござんす」

「気合？　そんなもん貯めてどうすんだよ？」

「人間になります」

そんなバカな。と思う頭の隅で、三度笠《さんどがさ》を被り草鞋《わらじ》を履く、時代劇で見る旅人の姿が浮かぶ。ちょっと見てみたい気もする。息をのんだ次の瞬間、神様が忽然《こつぜん》と消えた。

かと思えば、またたく間に一人の男が目の前に現れた。

「大丈夫ですかい、旦那」

「その声。神様なのか？」

驚いて尻もちを突いている俺に、神様の声で話す男が手を差し伸べる。年は二十歳前後ってところか。闇に溶け込んでしまいそうな漆黒のライダースジャケットを羽織り、素肌が覗くダメージパンツを履いている。

「驚かせてしまい申し訳ござんせん」

「そうだな。驚いたわ色んな意味で」

被っているのは三度笠じゃなくてキャップ。履いているのは草鞋じゃなくてブーツ。変に期待して裏切られた落差で躓《つまず》いた気分。何だこのやり場のない怒りは。

「ロックなライブに行くんじゃねぇからな。行くのコンビニだからな」

神様の手に掴《つか》まって立ち上がる。「へい」と頷いた神様は、低温ボイスが似合うシャープな印象なのに、人間になっても相変わらずニコニコしていた。

暖かいコーヒーとポテトチップス（特大パーティーサイズ）を（俺が）買い、コンビニを出た俺達は再び当てもなく歩き出した。

いや、歩いてるのは俺だけか。神様は動物の姿に戻って、俺の腕にしがみ付きながらポテトチップスを食っている。袋を俺に持たせて。

「自分で持てよな。人間になって食えばいいだろ」

「こっちの方が、ポテチが大きいではございませんか」

「もう袋の中に入って食った方がいいんじゃねぇのか」

「それは名案でござんすね。では」

「冗談だ。本気で入ろうとするな」

袋にダイブしようとした神様を摘まみ上げる。ポテチに塗れたカラダで腕にしがみ付かれたら、それは悲劇でしかない。

引っ切り無しにパリパリ音がする神の暴食。沙羅なら羨ましがるだろうか。一度でいいからカロリーや肌荒れを気にせず、バケツ一杯食べてみたいと言っていた。

「散歩の旦那。今、彼女さんの事を考えていたでござんすね」

「別に」

「今頃あいつも食ってるかなぁ。とか」

「こんな夜更けに流石に食わねぇよ」

「彼女さんも今頃、散歩の旦那の事を思っているかもしれませんよ」

だとしたら、それは愉快な事ではないのは確かだろう。風邪だってんなら夜更かししてないで、早く休んでいてほしいけどな。

「散歩の旦那は、どうして彼女さんと結婚したいと思ったんですかい？」

「したいと思ったんじゃなくて、しようと思ったんだよ」

この先も二人でいようとしていた俺達にとって、それは自然な考えだった。だから結婚に特別な理由は必要ないし、用意する予定もない。用意しているのは、渡せないでいる指輪くらいだ。

「なかなかプロポーズをしない俺に痺《しび》れを切らせてるってんなら、問題はないんだよ。でもそうじゃない」

沙羅は俺のプロポーズを避けているとしか思えない。少なくとも、待っているとは思えない。

「問題は、今のあいつに結婚する気があるのかどうかだ」

大事なのは沙羅の気持ちだ。足並みが揃わないと二人で先へは進めない。俺だけが前へ出ていても意味がない。肩を並べて同じ方向へ進める沙羅だからこそ、一緒になろうと決めたんだ。

「それなら簡単でござんす。訊《き》けばいいんですよ、本人に」

「ごもっともな意見で腹立つな。それが出来れば悩まねぇよ」

「いい年した大人なんでござんすよ。もっと賢く恋愛出来ないもんですかい？」

「いい年した大人がみんなスマートな恋愛してると思ったら大間違いだからな」

経験が増えるからこそ知識が邪魔をする。好きで始まり嫌いで終わっていたガキの頃のシンプルな恋愛とは違って、大人の恋愛は大人気ない。

「帰ってこないし、ケータイ繋がらないし、会社にも来ない。実家に会いに行っても顔も出さないし、送ったメッセージは既読もつかずにスルーされてんだよ」

神様はぽかんと口を開けると、口に銜《くわ》えていたポテトチップスを落とした。俺の腕に引っかかったそれを慌てて拾い上げている。

「立派に嫌われているではござんせんか。きっと向こうは散歩の旦那を、もう彼氏とは思っていないでござんす。残念ですが諦めましょう」

「お前、動物に戻って良かったな。人間だったら蹴り倒してるからな」

黙っていれば可愛いはずだが、天使のような微笑みで囁く言葉はまるで悪魔だ。

「だとしてもだ」

言われなくても俺だって一度はその可能性を考えた。俺の事が嫌いになったとしても、他に好きなやつができたとしても。

「はいそうですかと引き下がれるような場所に、俺はもういないんだよ。それは、あいつも分かってるはずだ」

有休を取る前、沙羅は風邪だと言っていた。彼女の母親は大丈夫だと言っていた。でも本当は病院で言えないような重い病が判明して、それで結婚を断念しようとしているのかもしれない。なんて事まで考えた。実家に行った時の母親の様子や、毎日ゲームで会っているというヒロコの話から、その可能性は低いと思っている。

「どんな理由があるにしろ、俺はもう引けないんだよ」

とにかく、あいつが帰ってくるのを冷静に待つだけ。それが今の俺に出来ない事はもうわかっていても、あいつの真意を知るまでは、何処にも行けそうにはない。

「そうですかい。なら、手段を選んではいけませんよ。選べる贅沢があるとは思えないでござんすが」

どういう意味だと聞き返す腕に、下から目線で上からものを言う神様の姿はもうなかった。細長く続く裏道の先に、自宅アパートの外廊下を照らす青白い明かりが見えてきた。

◆

インターホンの音で目が覚めた。来客予定はないし、鍵を持っている沙羅でもなさそうだ。無視していたら今度はスマホが鳴った。ヒロコからの着信だった。

「来ちゃった。開けて」

「彼女かお前は」

擦った目に眼鏡をかけ、玄関を開けるとヒロコが立っていた。

「おはようレイジ君。寝てると思ったよ」

「だったら起こすなよ。ほら入れ」

時計は午前十時を示しているが、雨が降っている外はまるで夕方のように暗い。

「着替えてくるから、コーヒー淹《い》れといてくれ」

「彼氏かお前は」

そう言って笑いながらキッチンへ入っていくヒロコも、今日は仕事休みだ。棚や引き出しをあちこち開けて、ペーパーフィルターやドリッパーを探している。

一体何しに来た？　ヒロコがこのアパートに来たのは初めてだ。顔を洗って歯を磨き、寝ぐせはそのままに着替えて戻るとコーヒーができていた。

「あれ。美味いな」

「そうでしょ。最近、練習してるんだ」

谷城君みたいに美味しい料理は作れないけれど、せめて食後のコーヒーくらい私が美味しく淹れたい。と、まぁそんなところだろう。

「何か食うか？　谷城君みたいな飯は作れねぇけどな」

「大丈夫。レイジ君の家に行くって言ったら、お父さんがサンドイッチ作ってくれたから。一緒に食べよう」

「やったー、うまそう。で、弁当持参で何しに来たのかなヒロコちゃんは」

「うん。一緒にゲームしようと思って。レイジ君も休みだし、沙羅さんもいないし、どうせ暇だろうなと思ってお誘いに」

「まぁ。お優しいのね」

俺はとびきりの笑顔を浮かべながらヒロコの肩を抱き、そのまま玄関へ誘導した。

「帰れ。送ってくから」

「やだ。ゲームをするまで帰らないよ」

「家でやれって」

足でブレーキをかけて必死の抵抗をみせるヒロコに脇腹を擽《くすぐ》られる。力が抜けたその隙をついて、ヒロコはリビングへ逃げた。

「どうした。家にいたくない理由でもあんのか？」

「そうなの。ポコ侍が家のあちこちを掃除してて、ゲームする暇があったら手伝うでござる〜ってうるさくて」

「何の話だ？」

「……ごめん。今のは忘れて」

急に目を逸らした。ポコとかござるとか、気になるワードが多々あったが、聞くなというなら、追及はしないでおく。ヒロコはリビングに座り込んですっかり根を張った。俺や沙羅の椅子には座らず床の上にいるところはヒロコらしい。

「そっちのビーズクッション使え」

「ありがとう」

帰る気が無い妹を俺の椅子に座らせ、観念した俺は沙羅の椅子に腰かけた。ヒロコはクッションに身を預けながら早速スマホを手にゲームを始める。

「待て。それ俺のスマホだろ」

「設定しちゃうから、ちょっと待っててね」

「俺はやるなんて言ってないぞ」

「昔はよくやってたよね。三人で」

真守とヒロコは、夕飯を食った後にテレビゲームをする習慣があった。それまであまりゲームに興味はなくて最初は専《もっぱ》ら見ていただけだったが、唯一興味が湧いて手を出し、ハマったゲームソフトがあった。あまりに楽しくて時間を忘れるその中毒性に、ガキながら危険を感じてゲームはやめた。

「楽しいよ、今のゲームも」

分かってるからやらないんだよ。あれは底なし沼だ。一度やりだしたら最後。サクッと短時間では終われないのが分かっているから、怖くて手が出せない。沼は封印したままだ。

「はい。設定終わったよ」

「勝手にやめろって」

ヒロコは俺にスマホを返すと、今度は自分のスマホをいじり始める。

「一緒に行こう。異世界へ」

「異世界って。まさか……」

「そう。会いに行くの、沙羅さんに」

呆気に取られている俺を無視して、ヒロコはスマホを操作し続けている。

「RPGだよ。これは戦闘シーンに迫力があって人気なの。沙羅さんの戦ってるとこがまたかっこいいんだよ！」

「待てって。俺は行かない」

沙羅は俺との接触を拒んでいる。会いに行ったところでログアウトされるだろう。

「大丈夫だよ。絶対正体はバレないから」

ヒロコが指差す俺のスマホ画面には、頭に大きなリボンを乗っけた女の子がいる。

「アバターだよ。レイジ君の分身」

全身をパステルカラーで装備した妖精。名前のモルは、真守から取ったのか。

「レイジ君、こういうふわふわっとした女の子苦手だから、絶対選ばないでしょ」

確かにこれなら俺だってのはバレないな。そういうヒロコはブーツを履いた猫のキャラクターで、名前はヒロッコだ。

「百聞は一見に如《し》かず。私から沙羅さんの状況を聞くより、一度その目で見た方が少しは安心できるかなと思って」

「余計なお世話だっての」

「それはお互い様。レイジ君だって、お弁当を届けに来てくれる谷城さんに、私の好物や苦手な物を教えてるの、知ってるんだから」

口止めしておいたはずだが。表情が硬い谷城君の、口はそうでもないらしい。

「分かったよ。で、どこ行きゃ会えるんだ?」

「うん。付いてきて」

サンドイッチをかじりながら、スマホを片手に深く座りなおした。ゲームをしている姿を一度も見たことが無い沙羅が、本当に異世界にいるのか。疑わしいところもあった。本人だと確認出来たら、バレないうちにすぐ現実に戻ればいい。

基本的な操作を教わってから、妖精のモルが猫のヒロッコと一緒にやってきたのは、異世界の小さな村にある風車小屋だった。

「きっとここに来てると思う。モルは私の、バイト仲間の女の子って紹介するね」

中に入るとそこは、雰囲気的には酒場のようだが、ヒロッコは休憩所だと言った。休憩所には、俺達を含めて七人の人やら何やらが集まっている。

小さなウサギや小人、角が生えた鬼女や屈強な身体の大男達がヒロッコと親しげに挨拶を交わす。ここでは自由にチャットが出来るようだ。ヒロッコは打ち合わせ通りに俺を紹介した。

『初見さんです。暇してたので連れてきちゃいました』

『はじめまして。モルでーす！』

どうもー。可愛い。よろしく！　といった言葉をかけられる中で「ようこそ」と発言をした剣士に俺は注目した。表示されている彼の名前はレイ。

「間違いないな。これは沙羅だ」

「当たり」

俺の名前からとったと思われるレイの容姿は、正に俺だった。眼鏡のフレームまで酷似している。武装しているところと、髪が沙羅の好きなイエローカラーに染まっているところを除けば、ほぼ俺と言っても過言じゃないほどよく似ている。こんな事をするのは沙羅しかいない。

初めて見かけた時、ユーザーが俺ではないかと思って声をかけた。それがきっかけで一緒にプレイするようになったとヒロコは言う。てっきり沙羅から聞いていると思っていて、隠していたつもりはないらしい。隠していたのは沙羅の方だ。

「時間指定のイベントが始まるまで、みんなここで情報交換をしたり、好きにおしゃべりをするの」

それぞれが好きな事を話題にし、取り留めのないトークを楽しんでいる。沙羅も積極的に参加していた。顔は見えないが、確かに異世界の沙羅は元気そうだ。それだけ分かればいい。もう帰るぞ、と言おうとした時だった。

『ヒロッコは、最近何が気になる？』

小人がヒロコに問いかけた。すると、ヒロコはチラッと俺を見てから答えた。

『ケッコン、かな』

「は？」

開いた口から、食っていたサンドイッチが落ちそうになる。咄嗟に手の甲でそれを押さえた。

「ヒロコ、お前何言ってんの」

「だって、本当の事だし……」

「待て待て。お前ら、まだ付き合いだしたばかりだろうが」

「レ、レイジ君こそ何言ってるの。私の事じゃないってば」

そうこうしてる間に、異世界では会話が進んでいく。

『人生が終わる結婚は墓場』と大男。

『彼とは夫婦じゃなくてずっと恋人でいたいから無理』と鬼女。

『結婚して良かったって話はあまり聞かないよね』と小人。

『日本の離婚率の高さが現実を語る』とウサギ。

「みんな、マイナスイメージばっかりだね……」

表情を曇らすヒロコの隣で、俺はレイの言葉を待った。

『何よりも幸せになりたいって思うことが大事だと思うな』

入り混じる期待と不安を息と共に凝らし、俺は固唾《かたず》を呑《の》んで続きを見守る。

『結婚しない幸せもある』

レイの、いや沙羅の言葉は見えない剣になって、音もなく静かに、でも確実に心臓を刺す。息が止まった俺の脳裏にゲームオーバーの文字が浮かんだ。

夕方までゲームをしていたヒロコを家まで送り届けてアパートに戻ると、一日降り続いた雨もようやく止んだ。

俺はポテトチップスを手に夜の散歩へ出た。洗い流されたアスファルトが、街灯の明かりを反射させてどこまでも光っている。俺は水溜まりを避けながら当てもなく歩いた。

「雨上がりの静けさは、良いものでござんす」

夜目がききだした頃に、神様が俺の腕にしがみ付いた。

「どこが。じめじめしてて陰気くさいだろ」

「雨が降るのを人は涙に例えて、湿っぽくなって活気をなくす。みんな沈んだように傘で顔を隠すでござんす」

「濡れたくないからな」

「でも雨が止むと、みんな黙って顔出して、空を見上げる。みんな知ってるんでござんす。希望は静かにやって来る。そっと雲間から差し込む光の暖かさを知っているから、雨上がりはみんな、静かでござんす」

「星が見える。明日は晴れだな」

小さな明かりを灯した裏道は、冷たい雨に濡れながら静かに明日を待っていた。腕に神様を付けたまま、俺は何処へ行くでもなく歩き続ける。

「ところで、散歩の旦那。今日はもうコンビニに行ったんですかい？」

「行ってねぇよ。これは家から持ってきたの」

沙羅のだけどな。持っていたポテトチップスの袋を開けて、神様が取りやすい位置に傾ける。

「散歩の旦那。今宵《こよい》はあっしに会いに来たでござんすね」

嬉しそうに（元からそういう顔だが）神様が袋に手を伸ばす。

「そうだな。その通りだよ。何故かお前に話したくなるんだよ。わけ分かんねぇよ」

本当に会いたい人は、話したい人は他にいる。でも俺の足は、人だか動物だかよう分らんこの神様に向いてしまう。そしていつも、向かった先に神様はいるんだ。

「彼女さんがお戻りになったんですかい？」

「だったら来てねぇよ。音信不通だってての」

沙羅からも、安心してと言っていた実家からも何一つ連絡はない。

「居場所は分かってるんでござんすよね？」

「あぁ。車で行けばすぐだな」

「嫌われても振られても、それでも諦めないとおっしゃるなら、あっしはその根性を見届けるでござんす」

「振られてねぇし」

「彼女さんを連れ戻しに行きましょう。誘拐したって構いやせん」

「物騒だな。行かねぇよ」

「諦めるんですかい？」

「そんなわけないだろ」

良いと語っていた雨上がりの静寂を、パリパリとポテチを齧る音で破りながら「そうなんですかい」と小首をかしげている。

「俺は焦ってたんだよな。今なら分かる。二人で過ごしてきた時間を信じていて、でもどこかで沙羅が帰ってくる確信が持てずにいて」

それだけの自信が、俺には足りていなかった。

「実は今日、あいつに会った。ゲームの中でだけどな」

しかもこっちは正体を隠して騙すという、全くフェアじゃない会い方だった。

「あいつは言ったんだ。結婚しない幸せもあるってな」

結婚しない。目を覆いたくなるような言葉だった。音もない衝撃が胸を突いて息が止まった。騙した事を激しく後悔した。

「彼女さんには、結婚の意思がないんですかい」

「俺もそう思った」

「この道を濡らした雨は、散歩の旦那の涙ですかい」

「もし本当にそうだとしたら、これくらい泣いたかもな。でも違う。言葉にはまだ続きがあったんだ」

あの場にいた仲間達も、沙羅の言葉には胸を打たれていた。

『今でも十分幸せだけど、結婚する幸せだってきっとある。未来へ向かって希望を持つのも幸せだと思う。私は幸せになろうとする事に貪欲でありたい』

希望の文字に、俺は息を吹き返した。

「それを聞いて、俺の迷いは吹き飛んだよ」

結婚の意思は、希望はまだある。迷っている場合じゃなかった。

「俺は、沙羅が帰ってくるのを待つ。あいつのタイミングで帰ってきてほしいんだ」

二人で将来を見据える、なんて言っておきながら結局は足元に気を取られていて、先が見えていなかった。自信がないから足元を固めるのに必死で、理想にぼんやりと明かりを照らして、見えていた気になっていただけかもしれない。

ただ、これだけは断言できる。好きで始まり結婚で終わるガキのままごとを、沙羅とするつもりはない。

親の愛情や幸せな家庭に直接触れてこなかった俺が将来、沙羅が思うような夫や父親になれるかは正直分からない。でも沙羅が不安だと言うのなら、その不安は俺自身が打ち消してみせるしかない。過去には絶望があった。でも未来には希望がある。あいつがそう教えてくれた。

「あいつが今、どんな気持ちでいるのかは分からない。でも、どんな状況であっても俺は、帰ってきた沙羅にプロポーズをする。そう決めた」

不安が消えたわけじゃない。それでも望みはある。あいつとだからこそ持てる希望がある。それを伝えない事には、どの道にも進めない。

「帰ってきた途端に別れ話をされても、するんですかい？」

「嫌なこと言うなよ。それでもするんだよ。必ず」

真守とヒロコの家はいつも温かかった。自分には無いものだから強く憧れて、自分には無いものだから潔く諦めていた。そんな俺が、沙羅と出会ってからはめっきり諦めが悪くなった。

「俺だって幸せになりたいんだよ。今よりもっとな」

幸せになろうとする事に、すっかり貪欲になった。こんな人間にしてくれた沙羅を、俺は愛さずにはいられない。

「勿論ですよ。そうと決まれば練習するでござんす。さぁ散歩の旦那。あっしを彼女さんだと思って、愛を語ってください」

「語れるか。妹みたいな事を言うんじゃねぇよ」

「妹ではござんせん。あっしは神様でござんす」

ニコニコと見上げてくる神様が、いつも笑顔でいるヒロコに少し似ていると今更気付いた。

「今は彼女さんでござんすよ」

「もう黙ってポテチ食ってろ」

パリパリパリパリ。小気味いいバックグラウンドミュージックを腕から流しながら、静かに朝を待つ雨上がりの夜を歩いた。自宅アパートが見えてくると、腕から神様が消えているのが見なくても分かる。俺の手には、カス一つない空っぽの袋が残されていた。

もう神様と散歩をすることはない。そんな気がした。出会いが突然なら、別れも突然だな。

「今度は彼女さんと二人で散歩するでござんす」

いもしない神様の声が聞こえて「そうするよ」と返した。それは独り言だった。軽くなった腕を摩《さす》る。流石にもう寒い。次の散歩は春にしよう。

有休の神様

今、何時だろう。今日は何日の何曜日だっけ。実家のリビングは日当たりがいい。ソファで微睡《まどろ》んでいた身体を、ゆっくりと起こした。

午後二時五十分を示している時計からは、もうじき鳩《はと》が飛び出して三回ポッポーと鳴くだろう。サイドボードには四歳になる可愛い姪っ子の写真が飾られていて、その横にある卓上の日めくりカレンダーは、今日が十一月二日の土曜日であると教えてくれた。

今日から勤務先の遊園地、スーベニールランドではクリスマスイベントが始まる。この日のために毎日、時間に追われながらあくせくと準備をしてきたというのに、すっかり忘れていた。

有休二日目にして、私は適応能力を十分に発揮している。七日間の休みの目的は、激務で疲弊した心と身体をしっかり休ませること。私、多門《たもん》沙羅は時の流れも忘れて、のんびりと実家に引きこもっている。温かい家の中でぬくぬくと、二十代最後の冬にひと時の冬眠生活である。

そろそろカルチャー教室からお母さんが帰ってくる時間だ。また小言を言われる前に、早々に退散しなくては。二階へ上がって一番奥にあるのが私の部屋。長年使っていたこの部屋には物がごった返していたけれど、今は見る影もなく空き家のような寂《せき》寥《りょう》感が漂っている。

カーテンはあってもカーペットは無い。本棚はあっても本が無い。テレビボードの上にはかろうじてテレビがあるけれど、座る椅子も、眠るベッドもない。あるのはエアコンと、来客用の布団一式。それから色褪《いろあ》せた薄い座布団が一枚。インテリアといえば部屋の隅に転がっているスーツケースが一つあるだけ。自分の部屋なのに、まるで空いている部屋を間借りしている旅行者みたい。

この家を出たのは約一年前。お気に入りの黄色い一人掛けソファも、寝心地がいいベッドも、彼氏の礼二君と同棲を始めたアパートに運び出した。

彼とは正式に婚約をしているわけではないけれど、お互いに結婚前提で一緒に暮らし始めた。私はこの家にはもう戻らないつもりでいたから、引っ越しの際にすっかりと部屋を片付けていた。捨てられない物は押し入れに纏《まと》めてしまい込んだ。部屋に残ったのは、新居に共有の大型テレビを買ったために持っていかなかった小型テレビだけ。

何もないこの部屋にどうして戻ってきたのか。それは、私が有休を使って七日間もの連休を申請した本当の理由にある。でもそれを礼二君に言えないまま、私は黙ってアパートを出てきてしまった。

喧嘩をしたわけじゃない。そんなものは幾度となくしてきたけれど、家出なんて一度もしたことはなかった。同棲を始めてもうすぐ一年。そろそろ籍を入れてもいいのではないかと思い始めた矢先、身体の異変に気が付いた。

疲れが溜まっているだけだと安易に考えていたけれど、念のため受診した病院で、重大な事がこの身に起きているのを知った。

彼に話すには懸念があった。でも黙っているわけにもいかない。覚悟を決めて彼に打ち明けようとした日。リビングのごみ箱に、重厚感のある小さな紙袋が捨てられているのを見つけた。

気になって拾い上げた瞬間、私の覚悟は揺らいでしまった。

それは高級なジュエリーショップの袋だった。誕生日でもないし、クリスマスプレゼントにはまだ早い。結婚指輪だと瞬時に察した。嬉しいはずなのに、狼狽している自分に困惑した。

分かっていた事だった。尚且《なおか》つ望んでいた事だった。それなのに、理想が現実になった途端、不安で押しつぶされそうになった私は打ち明ける勇気を失くしてしまった。

紙袋をゴミ箱に戻して、見なかったことにした。それから彼と二人の時間を避けるようになっていたある日。体調が急に悪くなって、焦った私は急いで病院に駆け込んだ。そこで言われたのは数日間の安静。

その日のうちに連休を取り、礼二君に言えないまま秘密を抱えて実家へ戻った。彼が私を探してここまで来ても、顔は出せなかった。

このままでいいはずはない。でも、どうやって彼に伝えるのが最善なのだろう。悩む私は今日も、スマホを手にゲームの世界へ入り込んで現実逃避。今の私の任務は休息。逃げていても自分を追い込むだけ。そうと分かってはいても、安息を求めて異世界へ旅立ってしまうのだった。

◆

有休四日目はちゃんと日付けを覚えていた。受診日だからである。行きは車で通勤しているお父さんに乗せてもらい、帰りはタクシーに乗った。帰宅するとお母さんは出かけていて、家には私一人。家着に着替えてからソファにゆったりと座り、スマホを手に取る。

今日こそは礼二君に電話をしよう。彼も今日は休日。外は雨が降っているし、きっと家にいるはず。三日前に「しばらく異世界に旅立ちます」とメッセージを送って以来、一切連絡をしていない。今思えば我ながら意味不明なものを送ってしまったと思う。とにかく、心配しているであろう礼二君に、詮索されないように出来るだけ簡潔に無事を知らせなくてはと、何時間も考えて考えて、考えすぎてよく分からなくなって送った一言だった。

同じ異世界ゲームをしている彼の妹（実の妹ではないけれど）ヒロコちゃんを通じて、勘の良い礼二君ならあの暗号の意味をきっと解いている。そう思うのは、都合がよすぎるだろうか。

彼は私がゲームをしている事に、きっと驚いているだろう。二人の時間を大事にしたくて、所有しているゲーム機は一つもアパートに持ち込んでいないし、礼二君といる時はスマホを触らないようにしていた。別に隠していたつもりはないけれど、ゲームは一人で過ごす休みの日や、寝る前にこっそりやっていたから、彼の知る由もない。

通話ボタンが押せないまま、数分が過ぎた。

メッセージが届いても何て返せば正解なのか、悩んで結局返信ができない。着信も同様に出られない。結果的には無視している事になる。

秘密を明かす適切な方法は、まだ分からない。たった一言伝えるだけで済むのに、彼の反応が怖くてそれが出来ない。でも元気でいる事だけは、自分の声で伝えておこう。このまま帰ってこないかもしれない、なんて思っているかもしれないから、それは無いと、私は必ず帰ると伝えよう。

通話ボタンが押せないまま、数十分が過ぎた。

ただ現状を話すだけで終わるとは思えない。きっと「ワケを話せ」とか「今すぐ帰って来い」とか言われて、でも話せなくて、それで喧嘩になる。きっとそうなる。伝えたいことが何一つ言えない自分が嘆かわしい。

私は、思ったことは口に出すタイプだ。喧嘩が多い原因の大半はこれにある。しまっておける心の押し入れが狭いのだと思う。興味無いのは分かってるけど、今日観《み》た恋愛映画の感想を言いたいから聞いて。せっかく作ってもらって悪いんだけど、今日の夕飯はちょっと塩辛いよ。その帽子カッコいいね、でもそのジャケットとは似合わないと思う。そもそも礼二君には似合わないと思う。今まで何だって礼二君には遠慮なく話して伝えてきたけれど、これだけはそうもいかない。

ダメだ。まだ時間が欲しい。どう伝えればいいのか、考える時間が必要だ。ああでもないこうでもないと考えているうちに、気が付けば私は現実逃避していた。異世界へ旅立ったのである。

剣士である私は一仕事を終えて、拠点にしている小さな村の、風車小屋の中にある休憩所で仲間達と情報交換をしていた。誰でも出入り自由な酒場で、どんな人とも自由にチャットが楽しめる場所だ。

そこへ魔導士のヒロコちゃんが、初見さんだというお友達のモルさんを連れてやってきた。頭に大きなリボンを乗せて、パステルピンクのチュールスカートをひらひらさせている、ふわふわっとした妖精の女の子。お遊戯会で妖精の衣装を着ていた姪っ子を思い出した。

「可愛い。礼二君が苦手なタイプだ」

一人呟きながら『ようこそ』と挨拶をした。

それから暫くは取り留めのない話が続いたけれど、退屈はしなかった。話の内容はあまり関係なくて、顔も知らない相手と同じ時間を共有している不思議さが楽しい。だから私はオフ会には参加しないようにしている。

盗賊の小人が、ヒロコちゃんに質問をした。『最近何が気になる？』

するとヒロコちゃんは少しの間の後に『ケッコン』と答えたから、開いた口が塞がらなかった。

まだ二十歳になったばかりのヒロコちゃんが、もう結婚を考えているなんて。前に、ヒロコちゃんには好きな人がいるらしいと礼二君はヤキモキしていた事があったけれど、その人とはもう、そういう関係って事？

驚いている間に、会話が進んでいた。拳闘士の大男も、弓使いの鬼女も、僧侶のウサギも、みんな結婚に対して否定的な発言をしている。

そうだよね。私も二十代後半が過ぎてからは「まだなの？」と周囲がうるさくて、ある程度の年齢にいったら結婚するのが真っ当だとする社会にも、愚痴しか言わない既婚者達にも、うんざりしている。

『何よりも幸せになりたいって思うことが大事だと思うな。結婚しない幸せもある。今でも十分幸せだけど、結婚する幸せだってきっとある。未来へ向かって希望を持つのも幸せだと思う。私は幸せになろうとする事に貪欲でありたい』

結婚という概念を取っ払って、幸せになることを考える。その先に、礼二君と二人で歩む道が私には見えた。だから彼との結婚を望んだ。今でもそれは変わらない。

誰だって幸せになりたい。望む自由も叶える権利もある。話題が結婚から幸せに変わると、否定的だったみんなの会話のテンションも上がっていく。

ふと思った。ゲームの中でなら、異世界で架空の自分という屈折した中でなら、かえってストレートに思いを打ち明けられたりしないかな。

しないか。まず礼二君がゲームをしない。彼は、一度ハマると厄介だと感じた経験からゲームを遠ざけている。職場の後輩だった彼と親しくなったのは、まさにそのゲームの話をした事がきっかけだったのだけれど。

そう言えばあのゲームは、過去の私を救ってくれた、恩人ならぬ恩ゲームだった。思い出したらやりたくなってきた。

確かここにしまったはず。自室の押し入れを開けて、荷物を詰めた箱を開けていく。お目当てのゲームソフトはすぐに見つかったけれど、肝心なゲーム機が見当たらない。子供の頃に遊んでいた機械だから相当古い。でも大事にしていたから捨てるはずはない。必ずここにあるはず、と片っ端から箱を開けていき、折角片付けた押し入れの中が散乱していく。

ゲーム機の外箱を、押し入れの奥に見つけた時は思わず「わぁっ！」と声を上げた。まるで旧友と再会したような気持ちがした。ところがここで問題発生。手前にある大きな箱が邪魔で手が届かないのだ。

大きな箱の中身は、十年以上封印し続けている雛人形《ひなにんぎょう》。七段飾りの土台は納戸にしまってある。ここにあるのは男雛《おびな》と女雛《めびな》。それから三人官女に五人囃子《ごにんばやし》、右大臣に左大臣。皆様がお揃いで小道具と一緒に木箱に収められている。木箱だけでもかなりの重量があった。

長年閉じ込められている恨みを晴らさんかの如《ごと》く、私の行く手を阻んでいるお雛様《ひなさま》。何とか動かせないことも無いけれど、今は無理が出来る身体じゃない。

お母さんが帰って来るまで待つしか……。ダメだ。ゲームをやる時間があるなら礼二さんにちゃんと話しなさい、とまた叱られるに決まっている。

それじゃ、お父さんは……。いいえ。いくつまでやるつもりだ、と呆れられて下手したらゲームを全て処分されてしまう可能性大。

こうなれば礼二君を呼んで……。全くもって論外。何を考えてるの私は。他に助けを求められる人はいない。諦めるしかないか。

散らかった荷物を片付け始めた時だった。

階段を上がる足音がする。私以外誰もいないはずの家の中で。

「…………」

手を止めてドアを振り返り、耳を澄ませた。足音はこちらに近づいてくる。帰って来るにはまだ時間が早いけれど、考えられるのはお母さんだった。でも違う。これはスリッパをパタパタ鳴らすお母さんの足音じゃない。お父さんの、一歩一歩がズシリと重い足音とも違う。

離れて暮らす兄弟のものとも違う。駆け上がるような軽い足取り。それでいて静かなのは靴下を履いているみたい。心当たりは、あと一人しかいない。暫く見ていない礼二君の顔が脳裏に浮かぶ。業を煮やしたお母さんが、私に内緒で彼に家の鍵を渡した可能性は、なくはない。

待って礼二君。まだ心の準備が。私は咄嗟に押し入れに入った。隠れようとしたのだけれど、遅かった。頭隠して尻隠さずの状態で、部屋の扉が開いた。

こうなっては仕方がない。どんな顔をして出ればいいのか分からないまま、取り敢えずそろりと押し入れから出る。そして扉の前で立っている人物と目が合った。

そこにいたのは礼二君じゃなくて、知らない男だった。

黒いライダースジャケットにダメージパンツ。黒い靴下。手にはブーツを持っていて、黒いキャップから覗く顔は、ニコニコと微笑んでいる。

泥棒だ。住人と遭遇しても全く動じないでいる。それどころか笑っていて、その笑顔には愛嬌《あいきょう》さえある。それがまた不気味で身が竦《すく》む。真っ白になる頭の中。その片隅で、職場で受けた防犯講習の内容が過った。

そうだ。侵入者と遭遇したらまずは大声を出す。しかしすっかり怯《ひる》んでいる私は声が出せない。それなら外へ逃げる。家から侵入者を追い出そうとして、説得したり攻撃したりするのは危険。接触を避けるために自分が家の外へ出るのが正解。あぁ、せっかくここまで思い出したのに、ここは二階だから窓からは出られないし、ドアの前には泥棒がいる。他に出入り口は無い。

何とかしないと。震える手を握りしめる。

「寒いんですかい？　今日の雨は冷えるでござんすね」

男がしゃべった。……何だろう。この、ものすごい違和感は。

今は昼間。雨雲に覆われていて外は暗い。とは言っても夜じゃない。なのにこの泥棒の格好は黒づくめ。かえって目立つんじゃないだろうか。耳触りが良いきれいな低音ボイスも気になるけれど、何と言っても引っかかるのはその口調。ござんすって、何それ若い人の間で流行《はや》っているの？

とにかく、身を守るのが最優先。ここは無駄な抵抗はしないで相手の言う通りにしよう。そして隙をついて逃げるしかない。

「大丈夫ですかい？」

男が近づいてきた。「待って」と私は声を絞り出した。

「抵抗はしない。お金なら出すから乱暴な事はしないで。お腹に子供がいるの」

私が抱えている秘密。それは、お腹に抱えた小さな命。

体調不良で仕事に集中できず、駆け込んだ病院で妊娠が発覚した。体調不良の原因はつわりだった。まだ不安定な初期の段階で、連日の激務で疲弊していた私は充分な休息をとるようにと自宅安静を言い渡され、慌てて連休を取った。安定期に入るまでは仕事をセーブする必要があるから、休み明けには上司の牧さんに相談するつもりだ。

でもその前に、礼二君に伝えなくてはいけない。赤ちゃんに何かあってもいけない。今は何とかしてこの窮地を乗り越えないと。男は「そうでございましたか」と笑っている。

「それで、何をしているんですかい？　かくれんぼですかい？」

冗談だろうか。隠れる前に見つかってしまったから笑えないけれど。

「奥の荷物を、出そうとしてたの」

ここは正直に答えよう。下手に嘘をついて怪しまれても困る。

「どれですかい？」

「この大きな箱の奥にある、ゲーム機」

すると男は雛人形が眠る大きな箱を、横へスライドさせるようにして退《ど》かした。そのまま押し入れの奥へ入っていく。金目の物なんてここにはありませんよーだ。胸中で呟いていたら、男はすぐさま何かを抱えて出てきた。

「ゲームってのは、これの事ですかい？」

啞然《あぜん》としながら頷くと、諦めていたゲーム機を手渡された。

「あの。あなたは、何しにここへ？」

お金を要求するでも、物色するでもなく、荷物を取ってくれる。この人の目的は一体何なの？

「ここいらを、ふらりとしていたら呼ばれた気がしたでござんすよ」

「ここに？」

「へい」

「人違い、じゃないかな。私は呼んでないもの」

男は笑顔のまま小首を傾げた。

「そうですかい。これは失礼。あっしとしたことが勘違いをしたようで」

「いえいえ。お気になさらず。荷物を取ってもらって助かりましたから」

何を勘違いして人の家に上がり込んできたのか。玄関にも窓にも鍵がかかっているのに何処から入ってきたのか。その口調は流行っているのか。謎だらけだけれど、帰ってくれると言うなら、もうそれでいい。

「ところで、そのゲームキってのは何ですかい？」

ちょっと待ってよ。帰らないんですかい。男は床に胡坐《あぐら》をかいた。私と扉の間で、通せんぼをするように。

「ただの、古い機械だけど」

若い人には珍しいのか、厄介なことに興味を持ったようだ。

「使うために取ったのでござんしょう？　どうぞあっしに構わず使ってください」

正体不明のこの男。まだ油断はできない。私は言われた通りにゲーム機をテレビに接続した。

長らくしまい込んでいたけれど状態は良好で、ゲームソフトを差し込むと懐かしいメロディが流れた。映像が画面に映ると、色褪せていた記憶が鮮明に蘇ってくる。男の存在を忘れて、私は思わず笑顔になる。

「これがゲームキでござんすか」

「もしかしてゲームを知らない？」

「オンラインゲームの親戚ですかい？」

「そっちは知ってるのね。これはテレビでゲームをプレイするための、据え置き型の機械なの」

今どきの小型で洗練された物とは違って、このゲーム機は大きくてコントローラーもごつい。子供の手では届かなかったボタン。これが当時は憎かった。持ち方を研究したり工夫したりと、あの頃は随分と苦労していた。

懐かしさに酔いしれてうっかり警戒を解いていた私は、慌てて男を振り返る。男は笑顔のままテレビ画面を眺めていた。ブーツを揃えて床に寝かせたまま、帰る気配を見せない。それどころか二つあるうちのコントローラーを一つ手に持っている。

「……やるつもりなの？」

「やらないんですかい？」

逆らうのは危険だ。私はスタートボタンを押して、二人プレイを選択した。緊迫したこの状況でも、毎日夢中でやり込んでいた子供の頃を思い出さずにはいられない。

「エボペットアドベンチャー。これがゲームの名前。選んだペットを育成しながら冒険していくの」

「これがペットですかい。変わってるでござんすね」

その通り。ペットと言っても犬や猫とは違う。エボペットは、カッパやツチノコなどの未確認生物をモデルにした架空の生命体ばかりで、どれも可愛いとは言えずシュールな容姿をしている。けれど育てていくと、段々と可愛くなったりカッコよくなったりと容姿が劇的に進化していく。進化する大迫力なシーンがこのゲームの醍醐味《だいごみ》。

ストーリーを進めるとミニゲームが出現し、それを成功させることで育成に必要な経験値が溜まっていく。二人プレイでは協力戦か対戦かを選択できるのだが、このミニゲームがまた一筋縄ではいかなくて、成功した時の達成感は感無量である。

「と、まぁ説明はこんなところかな。後はやっていけば分かる」

「詳しいでござんすね」

「小学生の青春は、全てこれに捧《ささ》げていたから当然」

説明にもつい熱が入ってしまう。

「当時はこれが流行っててね。みんなでエボろう！　が合言葉みたいだった」

発売当初は人気がなくて、私はいつも一人で遊んでいた。というより友達がいなかった。転校生だった私は、引っ込み思案な性格もあって友達が作れずにいた。

ところが段々と口コミでこのゲームの評判が広がると、ミステリアスなペットと豊富なミニゲームがクラスメイト達にウケて大人気。既にペットを進化させまくっていた私は、みんなの家に引っ張りだこ状態。あっという間に沢山の友達が出来た。

ゲームに興味がなかったという礼二少年も、唯一このゲームだけはやり込んでいたらしい。「多門さん」「八幡君」と呼び合う先輩と後輩の仲でしかなかった私達は、同じ種類のペットを育てていたという共通点から意気投合して「沙羅」「礼二君」と呼び合う仲になった。このゲームは、私に友達と恋人をもたらしたのだと言える。

「そうでございましたか」

言われてハッとした。気付けば私は、そんな私情まで説明していた。しかも、おしゃべりを楽しんでいた。

そういえば誰かとこんな風に、直接的に談話したのは久しぶり。礼二君の事を頻《しき》りに心配するお母さんとは、口論になるからなるべく会話は避けている。私が悪いから尚更《なおさら》だ。お父さんはいつも帰りが遅いし、病院では当たり前だけどみんな静かで、医者も寡黙な人だから、おしゃべりをする機会なんてない。

会社を休んでアパートを出てから、実家と病院の往復しかしていない私は、ここ数日まともに人と話していなかった。だからって泥棒と……。しかも一緒にゲームまでやってる。いったい私は何をしているんだろう。

私と泥棒はそれぞれペットを選び、いくつかのミニゲームを協力プレイしながら経験値を貯め、一番最初の進化を遂げた。泥棒は「イエーィ！」とロックな歓声を上げて立ち上がる。

「では。そろそろ、あっしはこの辺で」

ブーツを手に、笑顔のままペコリとお辞儀をすると、そのまま男は扉を開けて部屋を出て行く。急な展開についていけず、私は暫く呆然とするばかりだった。

「……神様って、なに？」

ネッシーみたいなペットを進化させた男の登録名は「神様」。とんだ神様が降臨してきたもんだ。助かったんだと、やっとここで安堵した。ホットしたら喉が渇いた。

まだ家の中にいやしないだろうかと警戒しながら、部屋を出てキッチンへ向かう。誰もいる気配がなく安心したのもつかの間。お茶を取り出した冷蔵庫の横にある、食品棚の異変に気付いて「え？」と短い声を上げる。

つわりで食欲がないのに、病院の帰りについ癖で買ってしまった、私の大好物のポテトチップスが無くなっていた。まさかあの男が持って行った？

他に無くなっているものはないかと、リビングや両親の寝室を見て回り、ついでに戸締りも確認する。しかし他に異常は見当たらないし、窓も勝手口も全部鍵はかかっていた。男は期間限定クリスマスチキン味のポテトチップスだけを盗んで、密室から消えたという事？

訳が分からないけれど、とにかく通報しよう。スマホをポケットから取り出したら丁度、お母さんから着信がきた。

『これから帰るけど。今日の晩ご飯何にする？』

「何でもいいよ。それより大変」

私は経緯を掻《か》い摘《つま》んで話した。勿論ゲームの話は伏せた。ところが話しているうちに、まるでデタラメな作り話をしているみたいだと思えてきた。

ござんす口調でニコニコ顔のロックな黒づくめ男が侵入してきて、勘違いだと言いながら居座り続けて、密室からお菓子一袋と一緒に消えた。

本当の事を話しているのに、男が支離滅裂だからいけない。お母さんも同じように思ったらしく「寝てばかりいるから変な夢でも見たのよ」と取り合わずに電話を切ってしまった。

夢ではない。それは消えたポテチと、ゲームに記録された「神様」が立証している。だけど私は無事だった。限定味のポテチは惜しいけれど、どうせ今は食べられないし。何より命が助かったんだから、それでいいか。

◆

それでいいか。という昨日の考えを、私は後悔していた。目の前に、あの男がいるからである。

今日こそは礼二君に電話を。せめてメッセージだけでも送らなければ。このままでは一度は大人しく帰っていった彼も、今度は本当に乗り込んでくるかもしれない。赤ちゃんができた。たった一言で伝えられるのに、それが容易ではない事情がある。

彼の連絡先を表示するスマホと長時間にらめっこをしたのち、結局何も出来ないまま私は部屋を出た。一階のリビングから庭へ出て昼下がりの日光浴。それから深呼吸をして、冷えた頭で部屋に戻ると男がテレビの前で座っていた。

男は昨日と同じ服装と顔で、私を振り返る。

「さぁ今日もエボりやしょう」

顔を見られたから口封じに来たんだ。そう直感した私は、通報しなかった事を後悔した。しかし男が手にしているのはナイフや銃といった物騒なものではなく、ゲームのコントローラーだった。

「やらないんですかい？」

人懐っこい笑顔でいるけれど、従わなければ何をされるか分からない。私は男から出来るだけ離れた場所に座って、コントローラーを持った。

「あっしは構いませんから、これに座るでござんす」と、一つしかない座布団を寄越してくれる。それにしてもいつの間に、一体何処から入ってきたのかこの男。

戸締りは完璧で、唯一侵入可能なのは勝手口にある小さいドアだけ。昔飼っていた猫が家と庭を行来《ゆきき》できるように作った猫専用の玄関で、今は鍵が壊れている。小さな動物しか入れないあのドアを、この男が潜《くぐ》り抜《ぬ》けるのは絶対に不可能。

腑《ふ》に落ちないままゲームをスタートさせると、男は集中しだして一切しゃべらなくなった。ゲームの音と、コントローラーのボタンをカチカチと連打する音だけが部屋に響く。私もゲームに集中したいけれど、注意は怠れない。

「あの。ねぇ、今更だけどあなたは誰？」

全く理解が出来ないこの状況下で、私は堪らず話しかけた。

「あっしは神様でござんす」

泥棒が本名を名乗るわけないか。

「島から島へ渡る、島の渡り神。エボペットと同じでござんすね」

このゲームの世界はいくつもの島で成り立っていて、進化したエボペットが飛行や泳ぎ、ワープといった様々な移動技術を身に着けることで、次の島へ冒険に出ることが出来る。私達は二つ目の島を冒険中だ。

「それは、大変だね」

どう返していいのかわからなくて、適当に言った。

「いえいえ。身重で家出するゲームの姉さんこそ」

男の言葉に手が止まって、ミニゲームに失敗してしまった。ゲームの姉さんって、私の事？

「どうしてそれを知ってるの？」

「昨日言ってましたよ『お腹に子供がいるの』と」

「そっちじゃない。家出の方よ」

「そっちですかい。それは、あっしが神だからでござんす」

集中力を欠いたのか、男がミニゲーム内でピンチに陥っていた。

「あら大変。本当の事を話してくれたら、助けてあげるよ？　何で私が家出中だって知ってるの？」

「勘でござんす。神様の勘でござんす。お助けください早く！」

間一髪のところで私が助《すけ》っ人《と》に入って、ピンチを切り抜けた。男は笑顔のままホッと息をつく。嘘をついているようには見えないけれど、私の行動を科学的に分析して言い当てたとか？　そんな賢そうにも見えない。

「その子の父親は、このゲームがきっかけで恋仲になったという彼氏さんですかい？」

「そうだよ。でも彼はまだ知らないの。上手く話せる自信が無くて、彼と住んでるアパートから出てきちゃって……」

元々ぼっちだった私は、孤独に免疫がある。と自覚している。なのに今は人恋しいのだろうか。どうして私は泥棒相手に悩みを打ち明けてしまっているのだろう。救いを求めるなら本物の神様がいい。

「そうですかい。あっしがここへ来たのは、やはり間違いではございませんでしたね」

それはどういう意味？　そう問いかけようとした私の目は、胡坐をかいた男の膝に乗っているものを捉えた。それはどう見ても、昨日お母さんが買ってきたポテトチップス。地域限定ビーフシチュー味。まさかこれが狙いだなんて言わないよね。

「食べますかい、ご一緒に」

私の視線に気づいた男が、ポテチの袋を開封した。

「それ私のなんだけど。昨日キッチンから期間限定ポテチが消えたの。犯人はあなたでしょ？」

「大変美味しゅうございましたよ」

「勝手に盗んだ罰を受けるがいい」

男のミニゲーム成功まであと一歩！　という所で、邪魔をしてやった。男は失敗に終わって獲得経験値ゼロ。笑顔のまま悲鳴を上げる男の横で、私はこっそりほくそ笑んだ。食べ物の恨みは恐ろしいのだ。神よ覚えておきなさい。

「とは言え、開けちゃったものは仕方がない。食べてもいいよ。私はいいから」

「ゲームの姉さんは、ポテチがお嫌いなんですかい？　こんなに美味しい物が」

「大好きだよ。これがなきゃ生きていけないってくらい」

「同感でござんす」

「子供の頃からよく食べてるわ」

「ゲーム三昧でポテチ三昧ですかい。嘸《さぞ》かし不健康な子供でござんしたのでしょうね」

「失礼な。言っておくけど勉強も運動もするし、好き嫌いなく何でも食べる健康児だったからね。……でも最近は食べてないなぁ、ポテチ。食欲がなくって」

つわりで食べられなくても、これだけは食べられると思っていた。今でも好きな事に変わりはなくて手には取るのだけれど、口には運べない。それでもすっかり食が細くなった私を、お母さんが心配して買ってくる。

「それはお気の毒に。それならせめて、音だけでも味わって頂きやしょう」

パリッと音を出して神様が食べる。

「いい音だね」

パリパリパリパリペロペロパリパリ。

「うるさいよ！　指を舐めない！　舐めた指でコントローラーを触らない！」

大事に保管してきたゲーム機を汚されては堪らない。慌てて取り出したハンカチを投げつけた。

「いつまでニコニコしてるのよ」

「元からこういう顔でござんす」

「さっさと進めて次の島に行くよ！」

「ついてゆきますゲームの姉さん！」

冒険をしながらミニゲームに有利なアイテムをゲットしていき、ミニゲームに突入すると協力して成功を収め、着実に経験値を貯めていく。

ゲームを始めてから二時間が経過したところで、私と男のエボペットは第二の進化を遂げた。この辺りはまだまだ序の口だけれど、やっぱりこの達成感は癖になる。男も「イエーィ！」と拳を突き上げている。

「では、そろそろ。あっしはこの辺で」

男がそう言って立ち上がった時、私はそう言えばと肝心な事を思い出す。一緒にゲームをしていたこの男は不法侵入者だった。泥棒とか口封じとかを忘れて、すっかり楽しんでいた。

「ち、ちょっと待って」

ゲームをして、ポテチを食べて、あとは大人しく帰ろうとする男の目的は一体何なのか。気になって思わず呼び止めてしまった私を、ブーツを抱えた男が振り返る。ブーツの中に物騒な物が入っている。そんな妄想をして背筋が凍る。

「ゲームの姉さん」

「はい……」

「悩むのは悪い事ではありません。悩みは人生そのものでござんす。でも、悩み過ぎは身体に良くありやせん」

男は私に危害を加えるどころか、私の身体を労《いた》わっている。

「その悩み、解決させるのは簡単でござんすよ」

「え。本当に？」

「へい。それは」

「それは……？」

私は息を呑んだ。この人、まさか本物の神様だったりするのかも。有難い助言をくださるのかも。

「もう悩まない事でござんすよ」

そんなわけないないか。

部屋のドアからニコニコと去っていく男を、妙に冷めた気持ちで見送った。

でも良かった。今日も無事だ。ポテチ以外何も取られてはいない。

「あ、そうだ」

ある事に気が付いた私は、男を追いかけようとドアを開けた。しかし廊下にはもうその姿はなかった。

男は一体どうやってこの家に入ってきたのか。どこかに抜け道があるのなら、今後の防犯対策のためにも確認しておかないと。そう思って男を探したけれど、家中どこを探しても見つからなかった。そして家中の鍵は全てしっかりと施錠されていた。

まるで居た事が嘘だったみたいに男は今日もその姿を消した。部屋に残されたポテトチップスの空袋と、ゲームの記録が無ければ夢か幻を見ていたんだと思ったかもしれない。

何だか少しだけ、心が軽くなっている気がする。お腹の赤ちゃんの事を、礼二君に上手く話せる自信が無い。誰でもない誰かだからこそ、誰にも言えない胸の内を話せたのかもしれない。

悩まない事か。それならと私はメッセージを作成して、悩む前に送信した。「必ず話すから、待っていて」礼二君にようやくメッセージを送ることが出来た。その日の夜に「待っている」と返事が来て、それからは着信もメッセージも来なくなった。

◆

どういう訳か、そんな気はしていた。

ダイニングで昼食を取り、部屋に戻ると男がいた。

「わっ。またエボりに来たんだね」

「へい。この冒険お供いたしやす」

予感していたとはいえ、不意に現れるものだからやっぱり驚かされる。質の悪いドッキリみたいだ。床に胡坐をかいて、待ってましたと言わんばかりにゲームのコントローラーを握りしめている。

「言っておくけど、呼んでないよ？」

「そんなこと言わずに、さぁこちらへ」

男は自分の隣に座布団を置き、手招きをして座るように促している。私は少し考えてから、踵を返して部屋を出た。

神様を名乗るあの男は、私に危害を加えるつもりはない。

何を根拠にそう断言できるのかと言えば、実はそんなものはない。それなのに私はキッチンへ降りて、ポテトチップスと二人分の飲み物を用意すると、男がいる部屋に戻ったのだった。

「流石ゲームの姉さんは分かってますね。冒険にポテチは欠かせないでござんす」

私は神様の横の座布団を、ちょっとだけずらして座った。

「コントローラー汚したら許さないからね」

「でもこれ真っ黒でござんすね。焦げたんですかい？」

「チョコレートがかかってるんだよ。指舐めは絶対禁止」

大皿に移してきたポテトチップス（お母さんがカルチャー教室の友人からお土産にもらってきた北海道《ほっかいどう》限定商品）の横にウエットティッシュを用意して準備万端。私は神様と冒険に出かけた。

正体不明な男が許可なく侵入してくる。これは疑いようもない事実だし、完全密室の家を出入りしているのも謎だけれど、私は昨日も通報はしなかった。

何故だかまた来るような気がしていた。なのに私は警戒するどころか、ちょっと期待さえしていたかもしれない。危機感もまるでない。神様と一緒にゲームをしている私は、ただ単純に楽しんでいる。

普通ならあり得ないこの状況。説明しろと言われたって出来ない。だってこの神様は普通じゃない。事実はゲームより奇なりである。

テレビ画面に釘付《くぎづ》けになっている神様は、今日もロックな黒づくめ。エボペットと一緒に冒険をしている主人公がいつも同じ服装でいるように、神様はいつも同じ格好でここに来る。

「その格好で、いつも何をしてるの？　彼の弟や妹達と同世代に見えるけど、学生なの？」

平日の昼間に三日連続でゲームをしに来るような暇を持て余した神様が、働いているようには思えない。けれど着ている物はどれも質が良さそうで、それなりの値段がするように見える。音楽に疎い私が知らないだけで、実はそこそこ売れているバンドマンとか？

「あっしは神様でござんす」

「そうでした。そうでした」

分かった。男は学生でもなければ社会人でもない、神様なのだ。もうそれでいいよ。誰かに説明する必要もないから。

「彼というのは、夫になる人ですかい？」

「そうだね。多分」

多分って何？　と自問する。礼二君は子供ができたからって逃げるような人じゃない。そこは疑っていない。ただ子供の存在を知った時、礼二君はどんな顔をするだろうか。喜ぶ彼の顔が想像できない。

「浮かない顔してますねゲームの姉さん。マリッジ何たらですかい？」

「マリッジブルーって言いたいの？」

「そうです。それです。そのマリッジイエローですかい？」

「ブルーだって」

とても大事な事なのに礼二君に話せないでいる今の状況は、確かに情緒不安定と言えるのかも。それが結婚直前にみられるという抑鬱《よくうつ》なのか、妊娠で変化したホルモンの影響なのか分からないけれど。

「夫婦とは言え別の道を辿ってきた他人でござんす。隠し事もあるでしょう」

「まだ夫婦じゃないんだけどね」

「しかし隠し通すのは困難な道のりでござんすよ。これから同じ道を並んで行くんですからね」

「ゲーマーだったことはバレるだろうね」

押し入れに残っている荷物のほとんどは、子供の頃からやり込んできたゲームのソフトや機械。このまま実家に置いていては処分されるのは目に見えているから、結婚したら全てアパートに持ち込むつもりでいる。

「社会人になってからは忙しくてゲームをする余裕が、心にも身体にもなかったんだよね」

今の部署ではすっかり古株で、落ち着いているように見られるけれど。入社当時は失敗ばかりして牧さんに怒られっぱなしだった。デスクワークより現場仕事が多くて毎日ヘトヘト。帰ったら落ち込んで眠るだけの日々だった。

「仕事にも慣れて余裕が出来て、ようやくゲームに没頭出来るようになった頃に、彼と付き合い始めたんだ」

ゲームに救われ、ゲームを愛した私の心のよりどころは、いつしかゲームから礼二君に代わっていた。

「二人でいる時間は少しでも大切にしたくて、彼の前では一切ゲームはしなかった。

隠してたつもりはないんだけど、彼が知ったら驚くだろうな」

「一緒にやればよござんす。こんなに楽しいんですから」

「楽しいから問題なんだ」

とことんハマってしまうタイプだという礼二君に、ゲームを勧めるのはリスクがある。ゲームに夢中になって相手にされなくなってしまったら、大好きなゲームをきっと私は恨んでしまう。

「隠しているのも、問題なのも、本当はこっちだよね」

お腹にそっと、手のひらを当てる。

「このまま言わずに産むつもりですかい？」

「そんな事はない。隠し通す困難な道のりを行くつもりはないよ。ちゃんと彼と、この子と三人で歩んでいく。希望に満ちた明るい道をね」

それが私の望みだから。

「でもそれを叶えるためには、彼に子供の事をどう伝えるべきか。それがとても重要なの」

子供ができました。はいそうですか。とはいかない。私は、彼の過去も、それ故に抱えている不安も知っているから。

「彼は、暖かな家庭に憧れてる。手にしたことがないから。でも、だからこそ不安でいるみたい。触れたことのない親というものに、自分がなれるビジョンが見えないでいるんだと思う」

同棲を始める前、礼二君は私の両親の元へ挨拶に来た。結婚が決まってからでもいいと私は思ったけれど、正直にそう伝えたけれど、礼二君は頑として譲らなかった。

あれは、両親を少しでも安心させようと、うちの家庭を曇らすことが無いようにしようとした礼二君の配慮。この年まで私はずっと実家暮らしだった。

これまでの日常が大きく変わろうとしているのに、まるでいつもの出勤時みたいに両親が送り出してくれたのは、そんな礼二君の気遣いがあったからこそ。

それならば私も、礼二君のご両親に挨拶がしたいと申し出た。けれど首を横に振る礼二君は、そこも頑として譲らなかった。ご両親が同じ都内にいることは聞いていたけれど、それ以上の事は何も話そうとはしなかった。

同棲を始めて落ち着いた頃、私は彼の口から、彼の「家庭」を知った。

自分が予定外に生まれた事。仕事を手放せなかった両親が、育児を手放した事。おばあちゃんに育ててもらった事。近所の同級生の家に親切にされて嬉しかった反面、孤独を思い知った事。交通事故にあって大怪我をしても、会いに来なかった両親に絶望した事。おばあちゃんの葬儀で再会した両親に対して、何とも思わなくなっていた悲しさ。愛情も憎悪も存在しない、他人より遠い親子関係。

「彼は全部話してくれた。話した後でこう言った。受け止めようとするな。これらは置いていくものだからって」

隣の神様はコントローラーを持ったまま、静かに耳を傾けている。

「でも、孤独や悲しさを知っているからこそ彼は人に優しくて、そんな彼に私は惹《ひ》かれたんだから、私は持っていこうと思ったんだ。自分の将来に、彼を過去ごと持って行きたいって、そんな風に考えてた」

彼が置いていこうとする本当の意味を、私は分かっていなかった。知っただけで理解したような気がしていただけだった。

「一緒にテレビを見ていたの。親子のドキュメンタリー番組」

それは子供がたった一人で、遠く離れた父親に会いに行くという内容で、安全のためスタッフが近くで見守っているけれど、原則として子供は自力で行かなくてはいけない。

新幹線の乗り方が分からなくても、道で迷子になっても、自分で考えて行動する。そうして、どうにか辿り着いた子供に父親は「久しぶりだな」と一言。口を閉ざし、言葉にならない気持ちを目から溢《あふ》れさせて、子供を優しく抱きしめた。

「その時、彼がぽつりと言った言葉がある。彼はきっと、私には聞こえていなかったと思ってる」

涙でテレビが見えなくなるから必死で拭っていた私の横で、礼二君はまるで心の声をポロリと零す様に言った。

「俺は、こんな風に子供を抱きしめられる父親になれるのかって」

それは私に言ったんじゃなくて、自分自身に問いかけた言葉だと思った。だから、聞こえなかった振りをした。ただ、礼二君が不安を口にするのが珍しくて私は驚いていた。

「あの時、彼の言葉をちゃんと聞いていれば。鼻をかみながら『なれるよ』って一言、笑って返せば良かったたって。妊娠を知った時にそう後悔した」

医者から妊娠を伝えられた時、頭の中は驚きと歓喜でごった返した。けれど礼二君の、あの言葉を思い出した途端、頭から爪先まで一気に動揺が広がった。

「受け止めようとするなって言った彼の言葉の意味が、やっと分かったんだ」

妊娠を告げた時、礼二君は心から喜ぶだろうかと考えたら、怖くなってしまった。不安を押し殺して、無理にでも笑って喜んで見せるんじゃないだろうか。想像したら怖くて、言い出せなくなった。

「話そうと覚悟した矢先に、彼がプロポーズの準備をしているのを察知して。私と幸せになろうとしている彼が、妊娠を知って少しでも、一瞬でも困惑の表情を浮かべたら。きっと私も心から喜んで産めなくなる。そう思うと怖くて仕方がなかった」

眠気や倦怠《けんたい》感があったせいもあるけれど、ゲームを惜しんでまで大事にしていた二人の時間を、私は避けるようにして部屋に籠るようになっていた。

「私は産みたいから、産む以外に選択肢はない。でも彼に伝える言葉は、ちゃんと選ばないといけない。どう伝えれば、彼の不安を最小限に出来るのか。喜んでもらえるのか。最善の言葉をずっと探しているんだけど、見つからなくて」

その探し方すら分かっていなくて、時間ばかりが過ぎていく。

「ゲームの姉さんは、不安じゃないんですかい？」

それまで黙って手を動かしていた神様が口を開いた。

「親になるのは旦那だけじゃありませんよ。ゲームの姉さんだって一緒に親になるでござんす」

そりゃそうだと頷く一方で、どきりとした。見過ごしていたものを、突然えいっと掘り起こされたようで胸がざわつく。

「無暗《むやみ》に探し回るより、一度足元をよく見るでござんす。探し物は案外、近くにあるもんですよ」

私達はアイテムを探して島の中をあちらこちらしていたけれど、やがて神様が足元の草むらに転がっていたレアアイテムをゲットした。

発生したミニゲームを、レアアイテムを使って優位に進めて成功させると、経験値が貯まって二人のエポペットがまた進化する。「イエーィ！」と神様が飛び跳ねた。

そしてそのまま「あっしはこの辺で」とブーツを手に帰り支度をする。

「一人で悩むのはやめたらどうですかい。ゲームの姉さんは結婚したいんでござんすよね」

「勿論。一人で育てようなんて考えはないよ」

「彼氏さんの事ばかり考えておりやすが、結婚は相手に捧げるものではなくて、相手と二人で倍にするものでござんす」

「マリッジイエローとか言っていた口から、結婚を諭されるとはね」

「その悩みはもう、ゲームの姉さん一人の悩みではござんせんよ」

「…………」

神様は扉を開けると部屋を出て行った。

そうだ。一人じゃないんだ。不安を抱えているのは礼二君一人じゃない。

不安だと言う礼二君を支えないといけない。その事で頭がいっぱいだったけれど、私だって自分がちゃんとした母親になれるのか、不安でいることに気が付いた。自分が理想とする母親が身近にいるからこそ、家族の我儘を受け入れてきた母の偉大さを知っているからこそ、自分がそんな風になれるのか、自信がない。

礼二君の過去や不安も特別じゃない。誰にだって大事なものがあるように、誰にだって不安はある。

神様は昨日、もう悩まない事だと言った。その通りだと今になって思う。もう一人で悩むのはやめよう。いくら探しても見つからなかったわけだ。私が求めていた答えは、一人じゃ見つからないものだった。

つかえが取れたみたいに胸がスッとした途端、食欲が湧いた。食べたい時に食べたいものを食べる事。医者の言葉を思い出して、ポテトチップスが食べたくなった。大皿を見れば、大量にあったポテトチップスはすっかりきれいになくなっている。ただ、大きくてチョコレートもたっぷりかかっているのが一枚だけ、不自然に残っていた。

盗みを働いてしまう程に好きなポテトチップスを、私のために残しておいてくれたのかな。一枚だけ。久しぶりに口にしたポテトチップスは、甘くて美味しかった。

◆

有休最終日の今日も、私は実家で一人のびのびとしていた。日当たりのいいお気に入りのリビングで過ごしていた昼下がり。明日にはアパートへ戻るつもりでいるから、そろそろスーツケースに荷物を纏めておこう。二階の自室へ入った私は、そこに神様がいても、もう驚かなかった。

「おはよう、神様」

挨拶をしたの、初めてだ。

「こんにちは、ではないんですかい？」

「昼寝をしていて、起きたとこだから」

「そうですかい。では改めまして、おはようございます。ゲームの姉さん」

いつものようにテレビの前で胡坐をかき、コントローラーを手に構えている神様の横に座った。

「さぁ、エボりやしょう」

「うん。でもその前に、聞いてくれないかな」

何を？　とも聞かずに神様は「へい」と頷いた。

「今日の夜。礼二君が、彼がここに来るんだ」

礼二君の今日の退勤時間は午後五時。残業が無ければ午後六時には来る。

「ついに、ご両親へ結婚のご挨拶ですかい」

「いいえ。私が、彼を呼び出しただけ。両親は今夜、留守だから」

「親の居ぬ間に男を連れ込むんですかい？　逢引《あいび》きですかい？」

「親の居ぬ間に忍び込んでるくせに。彼の事なら言ってあるよ」

お父さんもお母さんも、今夜は友人の付き合いで帰りは遅くなる。礼二君が来る事を話したら、二人とも「それならゆっくりしてくる」と言って出かけて行った。

「探し物は見つかったんでござんすね？」

神様の問いに、私は頷いた。

「これでやっと、彼に伝えられる」

ずっと探していた、伝えるべき言葉。それは掴めないような遠い場所にある気がしていて、ずっと遠くばかりを探していた。けれど答えは近くに、常に私と共にあったのだ。

「もう悩まない。それだけ、神様に言いたかったんだ」

神様はコントローラーを握ったまま、でも真っすぐに私の目を見て笑っていた。元からそういう顔だったね。

「それじゃ、エボろうか」

「へい。冒険に必要なポテチも、ここにあるでござんすよ」

「持ってきてくれたんだ？　食欲が戻ったから、今日は私も食べるからね……」

神様が何処からか取り出したのは、スーベニールランド限定発売のポテトチップス。それは昨夜、家が近い上司の牧さんが、仕事帰りに様子を見に来てくれた際にくれた物だった。

「遠慮はいりやせんよ」

「だよね。私のだもん」

神様と二人でパリパリしながら冒険に出た。私に取られまいとするように、神様はカチカチカチカチカチとボタンを連打しながら、合間にポテトチップスを口へ運んではティッシュで手を拭く。瞬きしていたら見えないような、神業的な速さで食べていく。カチカチカチパリパリ正直うるさい。袋はあっという間に空になったけれど、今日も最後に一枚だけ、大きいのを残してくれていた。

友達がいなかった頃、それでもこのゲームは楽しかった。友達ができて、初めて誰かと冒険に出て、一緒に進化した時の気持ちの高ぶり。それもまた楽しかった。今でもこうして誰かと楽しめている自分が、遠いあの頃の自分に触れるから何だか擽《くすぐ》ったい。今度、礼二君を冒険に誘ってみよう。再びどハマりするのを恐れて、きっと渋るだろうけれど。

いくつかのミニゲームを協力して成功させる。どんどんと経験値が溜まって、二人のエボペットが進化をした瞬間、私は神様と一緒に「イエーィ！」とハイタッチをしていた。

「………」

コントローラーを置いて、ブーツを手にした神様が立ち上がる。なんてことないその動作を、私は黙って眺めていた。どういう訳か、目が離せないでいた。

「では。あっしはこれで」

そう言って部屋を出ていく神様。その背中を、私は何も言わずに見送った。

「着いた」とスマホに連絡が入ったのは、午後六時になる少し前だった。玄関のドアを開けると、そこに立っていた礼二君が「よぉ」と言った。互いに顔を見ない日はない生活をしていたから、たった六日間会っていなかっただけなのに随分と久しぶりに会う感じがする。

「なんか老けたね礼二君」

「仕事後は五歳は老けんだよ。飯を食えば戻る」

八幡君は昼休憩も取らずに、定時で業務を終わらせて飛んで帰っていったと牧さんからメールをもらっていた。

礼二君が抱えている箱からは、美味しそうなピザの匂いがしている。石窯で焼いた香ばしい生地と、トマトソースの上でとろけるチーズの匂い。見なくても分かる。私達が気に入っているイタリアンレストランのピザだ。お互い仕事で遅くなった時には、これをテイクアウトするのがお決まり。繁忙期の定番の夕食だ。

私は礼二君をリビングや客間ではなく、自分の部屋に通した。

「初めてだね。実家の部屋に来るのは。どう？」

「どうって言われてもな。なんもねぇし」

テレビに繋いだままのゲーム機をチラリと見たけれど、礼二君は何も言わずに客間から持ってきた座布団に腰を下ろした。

「こんな殺風景な部屋で食べても、やっぱりこのピザは美味しい」

「テーブルすらねぇもんな。でも美味いな」

「アパートに引っ越した日を思い出さない？　段ボールに囲まれながら、こうやって床の上で昼ご飯を食べたよね」

「あん時は座布団もなかったな。でも出前の蕎麦《そば》、あれも美味かった」

私は知っている。どんな場所で食べたって、少し冷めたピザも、ちょっと伸びた蕎麦も、誰かと食べれば美味しい。それが礼二君なら尚更《なおさら》に。その隠し味は、友達と一緒にゲームをしたあの頃の高揚感に似ている。

楽しいのだと私は思う。距離が縮まれば擦れ違いや、衝突することもある。けれど、この人と一緒にいることが、どんな状況下であっても私は楽しくて仕方がない。

私が仕事を休んだ間に始まった、スーベニールランドのクリスマスイベントは順調な滑り出しだと言う。頑張って準備をしてきた甲斐があったと、ホッと胸を撫《な》でおろした。

牧さんが私の分まで頑張ってくれている。ヒロコちゃんと付き合いだした同期の谷城君が、来年オープンする新レストランの副料理長に昇進する。色んな事を話してくれる礼二君だけれど、食事を終えても一向に、私が勝手にアパートを出た理由を聞こうとしないでいる。

「なぁ、沙羅」

「ねぇ、礼二君」

礼二君はコーヒー、私はお茶を飲みながら、同時に話しかけた私達は顔を見合わせる。

「何？　おかわり？」

「違う。お前こそ何だよ。言いたいことあるなら先に言え」

「そう。じゃぁ聞いてくれる？」

「どーぞ。どーぞ」

お茶を置いて姿勢を正す。私の緊張が伝わったのか、礼二君も静かにカップを置いた。

「勝手に仕事を休んだり、実家に戻ってごめん」

「……ホントだよな。でも、お前が元気ならそれでいいよ」

本当はまだちょっと怒っている。戸惑ってもいる。でも私を見て安心している。礼二君の素直な目は、口ほどにものを言う。

「ワケはちゃんと話すよ。でもその前に、言いたいことがある」

「どーぞ」

「私と結婚してください」

「うん。………うん？」

　眉根を寄せて、口を真一文字に結んでいる。状況を理解するまでの間、礼二君はちょっと面白い顔をしていた。

「ち、ちょっと待て！　お前、何サラっと言ってんの？」

「沙羅だけに」

「成程な。ってなるか！」

　怒鳴ったかと思えば、今度は空気が抜けた風船みたいに力なく床にへたり込む。

「待て。待て。……お前、本当は知ってんだろ？　俺が指輪買ってるの。プロポーズしようとしてたの、気付いてたんだろ？」

「ごめん。気付いてた。でも礼二君が、先に言えって言うから」

「それは先に言っちゃダメだろ」

「落ち込んでるところ悪いんだけど、返事を聞く前にワケを話すね」

　酷《ひど》く落胆している礼二君には申し訳ないけれど、譲ってもらったし、早い者勝ちという事で。お互いに意思は伝えあっていたから、どちらがプロポーズをしたって私はいいと思っていた。男からという通説はあっても、そんなルールがあるなんて私は知らない。

でも私には、本当に伝えなくてはいけない事がある。礼二君はこめかみを押さえながら起き上がった。

「あぁ。分かった。教えてくれ」

「連休を取ったのは、そうするしかなかったからで。実家に戻ったのは、一人になって考えたかったからなの。伝えるにも心の準備が必要で……」

私が言葉を詰まらせると、礼二君の顔色が変わった。

「あの日、病院に行ったって聞いたけど。沙羅、お前まさか……」

「病気なのか、みたいな顔してるけど違うよ。私は元気だよ」

「そ、そうか」

「そう。ただのつわりだから」

「そうか。……今なんつった？」

「礼二君。私、妊娠してる」

あんなに悩んでいたのが嘘みたいに、その言葉は何の躊躇いもなく口から出た。

「礼二君は不安かもしれない。でも私は支えられない」

ただでさえ自分も不安でいるのに、礼二君が置いていこうとするものまで受け止めて支え続けようなんて力量は、今の私には無い。

「だから、二人で悩もう。二人で悩んで親になろう。今までみたいに喧嘩と仲直りを繰り返して、失敗と成功を繰り返して、そうやって家族になっていこう」

一緒に家族になる。

それが、私が探していた答えだった。ずっとこの胸にあった想いなのに、随分と遠くまで探し回ったものだから私は実家で迷子になっていたみたいだ。

でも私には、ポテチを齧りながらここまで道案内をしてくれた、冒険のお供がいた。もう迷わないよ。彼を支えていく自信はないけれど、彼と支え合っていけると私は信じている。だって私達は今までそうしてきたんだから。

不安は二人で分け合って、希望を二人で倍にする。それが私の結婚。一人じゃできないから、私はプロポーズをしようと決めたのだ。

礼二君は俯いていた。背筋は伸ばしたまま顔が見えないくらいに俯いて、顎を少し掻いた。隠していたことを怒られるのは覚悟のうえ。でも私は不思議なくらい穏やかな気持ちで、礼二君の返事を待っていた。

「沙羅。返事するから、三秒だけ目を瞑《つぶ》って」

言われた通りに目を瞑って、三秒数えてから開ける。真剣な表情をした礼二君と目が合った。

「俺と、結婚してください」

そう言って差し出された手には指輪があった。私が思わず、リビングで見たあの高級ジュエリーショップの名前を口にすると、礼二君は「あぁ、そうだよ」と照れた様に拗ねた。

私は「はい」と頷いて左手を出しながら、どうしてさっき、目を瞑らせたんだろうと思った。指輪の存在は気付いていたから、隠して取り出したところでサプライズにはならないのに。

私の手に指輪をはめる礼二君の顔を見て、その謎はすぐに解けた。

「泣かないでよ、礼二君」

目の前の顔にはうっすらと、涙を拭った跡があった。

「泣いてねぇよ」

堂々と嘘をついてから「触ってもいいか？」と手を伸ばす。頷いてみせると、礼二君はそっと私のお腹に手を当てた。

この人となら大丈夫。私はそう思った。

まだ膨らんでもいないお腹に触れる礼二君は、まるで赤ちゃんに微笑みかけているような、温かくて優しい父親の顔をしていた。

◆

一週間ぶりに出勤すると、私は上司の牧さんに妊娠と、仕事を続ける意思を伝えた。三人の子供を持つ先輩ママの牧さんの頼もしさと言ったら神である。牧さんは仕事のサポートと、安定期に入るまでは周囲に知らせない事を約束してくれた。

その夜、私はゲーム機を持ってアパートに戻った。礼二君を冒険に誘ったら案の定断られたけれど、私は時間の問題だと思っている。

それから間もなく、私達は婚姻届けを提出して夫婦になった。

礼二君はご両親に電話をかけた。数年ぶりの電話だと言うけれど、それは一分にも満たない短いものだった。

十二月に入ると、体調がすっかり落ち着いた私は、礼二君のもう一つの実家であるヒロコちゃんの家へ、初めてご挨拶に行く事になった。

夕食（正社員になることが決まったヒロコちゃんの就職祝い）に招かれたのだけれど、行ってみればそこは、私達の結婚祝いのパーティー会場になっていた。

ネクタイを締めた谷城君も来ていて、食卓にはヒロコちゃんのお父さんと、谷城君が作ったという料理が所狭しと並んだ。ヒロコちゃんのお母さんが焼いてくれたケーキが登場した頃、地方から飛んで帰って来たという礼二君の同級生、真守さんも加わった。

私と礼二君は話し合って、結婚式は挙げない事に決めた。それを知ったヒロコちゃん一家が、反対する礼二君を押し切ってこのパーティーを開いてくれたのだった。ビールを片手に顔を赤くしたお父さんが礼二君を捕まえて、用意していたというスピーチを読みだした。一方では谷城君が真守さんに捕まり、救出を試みるヒロコちゃんが可愛い。

そんな様子を微笑ましく眺めていたら、隣に座ったお母さんが温かい飲み物を差し出してくれた。香りですぐにルイボスティーだと分かった。私の身体を気遣う実家のお母さんからも、これを飲むようにと勧められている。

あったかいなぁ。美味しいお茶を頂きながら、お母さんが聞かせてくれる礼二君の昔話に耳を傾ける。この家で包み込まれていた礼二少年の姿が浮かぶなか、大人になった礼二君もまた、笑っているのだった。

休日の昼下がりに、私はゲーム機を起動させて一人で冒険に出かけた。

傍らに置いたポテトチップスは、期間限定クリスマスチキン味。一度だけゲームの世界で会ったモルさんという妖精の正体が、実は礼二君だったと本人が白状したのは昨日の事。これは礼二君が騙したお詫《わ》びとして買ってきたものだった。

昼下がりにゲームにポテチ。条件を揃えてみても、あの神様は来なかった。実家の自室に行ってみたとしても、神様が来るような気はもうしない。もう会えない。私は神ではないけれど、きっとこの勘は当たってしまう。

エボペットアドベンチャーは一人でプレイしても充分に楽しい。けれど進化をした時は「イエーィ！」とハイタッチをしたくなるなぁ。神様に取られて食べそびれていた期間限定味をパリッと食べながら、そんな事をちょっとだけ思った。

神様は今、何処にいるんだろうか。

何処にいたって、きっと笑っているんだろうな。

続・同居の神様

寒さもクリスマスムードも一段と増した、十二月最初の日曜日。午後六時の退勤時間になると、私はコスチュームのサンタ帽子を外して急いで家路についた。

今夜は我が家で、特別なパーティーが開かれる。ドキドキだとか、ワクワクだとか、期待や喜びで心を弾ませながら私はコンビニへ駆け込んだ。

「お。神木ちゃん、聞いたよ。正社員決まったんだって？　おめでとう！」

お父さんから買ってくるように頼まれたジュースを、レジに立つ小宮君が袋に入れてくれる。

「ありがとうコタツ君！　バスが来るから、またねっ」

ジュースを手にコンビニを出ると、ちょうどやって来るバスが見えて、私は目と鼻の先にあるバス停へ走った。歩いても充分に間に合うんだけど、早く帰りたくて、気持ちだけはもうバスに飛び乗っている。

私のアルバイト先である遊園地、スーベニールランド。その前にあるコンビニで働いている小宮辰彦《たつひこ》君は、私の友人であり、お付き合いをしている谷城さんの弟でもある。彼は、最近入った新人バイトと同じ苗字という理由から、名前を略した「コタツ君」と呼ばれるようになっていた。

このニックネームが気に入って私も彼をそう呼ぶようになっているのだけど、コタツ君の言う通り、私は先月受けた社員登用試験に合格して、この度、正社員になるという夢を見事に摑み取りました！

今夜は、そんな私のお祝いパーティー。

なんていうのは、実は嘘。正社員の話は本当で、お祝いならもう、家族やレイジ君、谷城さんや仲間、沢山の人達にしてもらった。今夜、我が家で開催するのは、先月に入籍したレイジ君と沙羅さんをお祝いするパーティーだ。

家出をしていた沙羅さんが、レイジ君と同棲しているアパートに戻って一件落着。ホッとしたのもつかの間、沙羅さんの妊娠と入籍の報告を受けて私は驚いた。目まぐるしい吉報に、ゆっくりとお祝いをすることも出来ずにいた。

この驚きを喜びにして返してやろうと、私は家族と相談して、式を挙げないという二人にサプライズパーティーのプレゼントを計画した。

「なーんか最近ソワソワしてんな。何か企《たくら》んでんだろ？」

勘の良いレイジ君にはすぐにバレてしまった。勤務先で私は、ほぼ毎日顔を合わせるから気を付けなきゃいけないって、そう思っていたのに。思えば思うほど顔に出てしまっていたようだ。

「隠したって無駄だからね？」

「は、はい。白状します……」

サプライズを知ったレイジ君は「ありがとうな、ヒロコ」と笑った。そして「でもダメだからな」と首を横に振った。照れ屋なレイジ君が反発するのは分かっていた。だから内緒にしていた。

しかしこれで諦める神木家ではない。レイジ君は大切な家族。押し売ってでもお祝いをしようとする私の両親と、忙しい彼らに手間を取らせまいと反対するレイジ君の戦い。軍配は両親に上がった。


沙羅さんには、私の就職祝いという名目で夕食会に招待している。レイジ君を介して招待した沙羅さんのご両親からは、また日を改めてご挨拶に伺いますと連絡が来た。レイジ君のご両親に会うのが先だという考えであるらしい。レイジ君は今、年明けにも両家の顔合わせを検討していて、レイジ君のご両親はこれに応じる姿勢でいるようだ。

沢山のお花。ハートのバルーン。ハッピーウェディングのリボン文字。私が昨夜飾りつけたリビングルームには今頃、お父さんとお母さんが作ったご馳走が並んでいる。

沙羅さん、驚くだろうなぁ。

なんてドキドキしながら帰宅した私は、あんぐりと口を開けて驚いた。

「ど、どうして谷城さんが……？」

早朝出勤で、私より一足先に帰っていた主役のレイジ君。その隣に何故か谷城さんがいる。

「谷城君、今日休みだって言うから誘っといた」

驚愕している私に、してやったりな顔でレイジ君が言う。

「ちょっとレイジ君、これは一体……」

「おっと。そろそろ沙羅を迎えにいかないと」

得意のゴリラ顔で私の前から去っていく。やられた。谷城さんは平然な顔をしているけど、急に私の実家に呼ばれてきっと迷惑だったはずだ。

「僕も何かお祝いがしたくてね。料理を作って来たよ」

そこを快く引き受けてしまうのが谷城さんだ。なんてかっこいい。

しかし、私の知らないところで、両親とはどんな挨拶をしたんだろう。この後、地方にいるお兄ちゃんも帰って来る予定だけど、大丈夫かな……。一抹の不安が残るなか、レイジ君が沙羅さんを連れて戻ってくると、私達は拍手で二人を出迎えてパーティーが始まった。

つわりが落ち着いたという沙羅さんは、お父さんや谷城さんが作った料理を喜んで食べていた。もちろん私も。美味しいものに囲まれる幸せを、お腹いっぱいに噛み締めた。

お母さんが作ったケーキが登場した頃に、お兄ちゃんが帰ってきた。家庭用のケーキナイフで、レイジ君と沙羅さんがケーキ入刀をすると、スマホやカメラを手にしたみんながシャッターを押す。照れているレイジ君と、潤んだ瞳で微笑んでいる沙羅さん。この場の誰もが幸せな気持ちになる、そんな二人を私は心から祝福した。

「ファーストバイトもやろうよ」

私は用意していたスプーンをレイジ君に渡した。結婚式で新郎新婦が、お互いに食べる物に困らせないという意味でケーキを食べさせ合うというもの。

「はい。沙羅さんも」

「うん。ありがとう」

「おい待て。それ、しゃもじだろ」

一口大を食べさせ合うのが普通だけど、新婦が巨大なスプーンを使って、大きなケーキを新郎に食べさせるという演出もあるらしい。家にはそんな巨大スプーンはないから、沙羅さんには代わりにしゃもじを渡した。

その結果。まるでサンタクロースの白いお鬚《ひげ》みたいに、顎の下までクリームだらけになったレイジ君も、しっかりと写真に収めた。

「素敵な家族だね」

そう言ってケーキを食べる谷城さんは、緊張しているようにも見えるし、いつも通りにも見える。

「そうでしょうか……」

一緒にお酒を飲むのを楽しみにしていたお父さんはビールを片手に、車で来ていて飲めないレイジ君に絡んでいる。単なる迷惑な酔っ払いおじさんだ。恥ずかしくて苦笑いをするしかなかった。

でも、酔ってもいないのに絡んでくる方がもっと厄介だ。お兄ちゃんが素面で谷城さんに絡みだしだ。出身は？　職業は？　趣味は？　尊敬する人は？　動物は好きか？　好きな映画は何だ？　最近読んだ本は何だ？　取調室の刑事みたいな質問攻めが始まる。慌てる私を他所に、谷城さんはそれでも表情一つ変えず、兄の尋問に答えていく。

「お兄ちゃん。そろそろお父さんを止めないと。あのスピーチ永遠に繰り返すよ」

「あぁ。そうだな」

お兄ちゃんがレイジ君の救済に向かい、開放されて一安心。

「ところで、神様はいないのか？　ここに住んでいるんだろう？」

撫でおろしたばかりの胸が、ドキリとした。

「ここに住んでるって、何のことなの？」

さっきまで沙羅さんと話していたお母さんがそばに立っていた。飲み物のおかわりを取りに来て、通りかかったらしい。

「ね、猫のことだよ。二階で飼ってるの」

「あら。いつの間に。分かってるとは思うけど、お父さんはアレルギーがあるから、下に降りてこないように気を付けてね」

疑いもせず、沙羅さんの元へ戻っていく。お母さん、騙してごめんなさい。動物が住み着いているのは本当だけど。

「猫を飼っているんだね。それもまた神様って名前なのか？」

「いえ、あの。……はい。見に来ませんか、私の部屋にいるので……」

いつかは話そうと思っていた。その時が来たんだと、私は覚悟を決めて谷城さんを自室へ案内した。

ここにいるのは猫ではない。

「これは、狸だね」

「……はい。ポコ侍といいます」

狸の神様が寝そべっていた。こっそりと持ってきた料理を出すと、神様はむくっと起き上がる。

「だれがヘッポコだ。それがし狸ではござらん」

狸の神様がしゃべりだしても、谷城さんの表情は変わらない。

「おぉ。弁当屋ではないか」

変わらない、ように見えただけで固まっていた。

「驚かせちゃって、すいません。この声、聞き覚えありますよね？」

目を点にした谷城さんが、息を呑むように頷く。

「……この狸が神様なのか。これは驚いたな」

料理にマヨネーズをかけて食べだした神様を、妙に納得した様子で谷城さんは眺めている。

「はい。谷城さんが知っている神様は、実はこのポコ侍が人間に化けた姿なんです」

「それがしは神様でござる。狸でもヘッポコでもないと何度も言わすでない」

美味しい料理にほっぺたを落としたかと思えば、今度はそのほっぺたを膨らませてぷりぷりと怒りだす。忙しい神様を横に、私は谷城さんに神様との出会いや、同居することになった経緯を話した。信じてもらえるように、嘘偽りなく全て正直に話した。

「嘘みたいな話ですよね。でも本当のことなんです。信じてもらえますか？」

「信じるよ」

即答だった。

「君が僕に嘘をつくとは思えないし。現に神様はここにいるからね。話してくれてありがとう」

変な子だと思われて嫌われたらどうしよう。そんな心配もあったけど、谷城さんなら大丈夫だと私は信じていた。

「葉っぱで変身するのか。そんな絵本を昔、弟に読んだことがあるよ」

「絵本と一緒にするでない」

「見せてくれないか。人間の神様にも久しぶりに会いたいな」

「何たる無礼。神様は見世物ではござらん」

「デザートもあるんだ。持ってこようか」

「人間になるでござる。しかと見ておれ」

お皿をすっかり空にした神様は、何処からか取り出した葉っぱを頭に乗せて、ぽっこり三割増しのお腹を三回リズミカルに叩いた。

そして現れた人間の神様に、谷城さんは拍手をする。

「すごいな神様。さっきの姿にも簡単に戻れるのか？」

「うむ。容易いでござる。デザートは大盛にするのだぞ」

がっつり見世物になってますけど。狸に戻った神様はよだれを垂らしながら、ケーキを取りに行く谷城さんを見送るのだった。

◆

来年から正社員になる私は、アトラクションから別の部署へ異動が決まった。沙羅さんがいる部署だ。まだ少し先の話だけど、沙羅さんが安心して産休に入れるように精一杯頑張るつもりだ。

でもその前に、今日は全力で頑張らなくてはいけない大仕事がある。

「肩に力が入ってるなー。リラックスだよ神木さん」

サンタ帽子のコスチュームではなく、紺色のスーツを着た私の肩をレイジ君が叩いた。スーベニールランド開園一時間前。今日は一組のカップルが園内でウェディングフォトを撮影予定。そして私は、そのお二人の案内役を任されている。

以前にこのウェディングフォト企画で私は元カレと再会し、そのショックで大失敗をしでかしてサポートメンバーを辞退していた。けれどこの度、再び抜擢を受けてリベンジのチャンスと相成った。

「八幡さん。私、必ず成功させます」

「いつものお前で行けばいいから」

もう失敗は許されない。正直に言えば不安だし怖い。でも八幡さんがまた推薦してくれたんだ。自分を信じて頑張る。そう決心した。

意気込みながら、主役のお二人が待つ控室の扉を開けた瞬間。私の頭の中は真っ白になった。

純白のドレスに身を包んだ花嫁。そのあまりにも美しい姿に恍惚《こうこつ》としてしまった。なんてきれいな人なんだろう。見ればその場の誰もが（新郎までもが）新婦の美貌に心を奪われていた。

父親がイギリス人だという新婦のレイラさんは、新郎とはイギリスで出会い、日本で再会して運命を感じたのだと話してくれた。レイラさんから「ミヤダイ君」と呼ばれている新郎の宮島大吉《みやじまだいき》さんは笑顔が絶えなくて、幸せそうなえくぼ顔が印象的な人だ。

シアター型アトラクション内での撮影は、お二人からの強いリクエストだった。いくつもの舞台シーンが円を描くように並んでいて、その円をなぞるように動くライドに乗って回ることで物語が進んでいく。アクティブではない分、演出に凝っているこのアトラクションは年齢を問わず人気がある。

ライドには乗らず、関係者以外は歩かない足場の悪いシアター内を細心の注意を払って誘導して、お二人が希望した「妖精の森」のシーンに到着した。

そこは、その名の通り妖精が暮らす森をイメージして作られたセット。安全のため照明以外の電力は切っているから、電動の妖精達は動かない。ピタリと静止した妖精達の足元には、一面に青色の花が咲いている。ここはお二人が出会ったという、ブルーベルが咲いていた森に似ているのだと教えてくれた。

お二人の運命に添える特別な写真を撮影したい。カメラマンではないけれど、私はそんな思いで業務に徹した。限られた時間の中で、お二人に負担をかけないようにスケジュールを微調整しながら、予定に狂いのない撮影をこなしていく。

それは思っていた以上に大変だったけど、トラブルもなく無事に撮影は終了した。着替えを終えて、控室で休んでいるお二人に飲み物を運ぶ。

「お疲れさまでした。後程、お写真を選んでいただくモニタールームへご案内します」

「ありがとう。噂をすれば何とやらね」

「今ちょうど、神木さんのことを話してたんだ」

お二人はそう言ってコーヒーを受け取る。何か至らない点があったのかな。出来る限りの誠意は尽くしたつもりでいるけれど、あの日の失敗がトラウマになっていて不安になる。

「笑顔が素敵だねって話してたのよ。あなたの笑顔は人を元気にするわ」

「俺達も元気をもらって、お陰で最後まで楽しく撮影できたよ」

クレームじゃないことにホッとしながら、思わぬお褒めの言葉に「ありがとうございます」と頭を下げた。とんでもない。こちらこそ。素敵なお二人とご一緒出来て、ますます仕事が好きになりました。

沢山撮った写真の中からウェディングフォトに仕上げる数枚を選んで、撮影の日程は全て終了した。夢のように美しい花嫁と、夢のように幸せそうな花婿。そんな夢をカタチに残す写真はどれも素敵なものばかりで、お二人は選ぶのにとても苦労していた。

帰り際、お二人の口から「ここを選んで良かった」と言ってもらえた。何よりも嬉しくて、誇らしい言葉だった。満足気に帰っていくお二人を見送りながら、私は飛び跳ねたくなるような気持ちを我慢した。我慢しきれなくて、ちょっとスキップした。

「お疲れさま。撮影、大成功だったらしいな」

サンタ帽子のコスチュームに着替えて、私は通常業務に戻っていた。八幡さんに声をかけられた私は「はい！」と笑顔で頷いた。トラウマなんて吹き飛んでいた。

谷城さんが作ってくれるお弁当はいつも美味しい。でも今日のは格別に美味しい。感謝をしたためたメモに、初めてハートマークを描いてみた。描いてみて恥ずかしくなった。でもこれを見れば、応援してくれた谷城さんに今日の大成功が伝わるだろう。

午後四時に退勤した私は、コンビニでフルーツサンドを二つ買った。通常よりもクリームとフルーツが増量している、マシマシスペシャル。これで神様とお祝いをしよう。今日の出来事を、早く神様に話したい。私は意気揚々と神様が待つ家へ急いだ。

でも神様はもう、私の家にはいなかった。

私の部屋にも、家のどこにも、神様の姿はなかった。

最初は出かけているんだろうと思った。前にも私に内緒で谷城さんの家に行っていた。しばらくはマヨネーズ作りに夢中になって出かけなくなっていたけど、食いしん坊の神様は美味しいものを求めて、また外を出歩くようになったのかもしれないと考えた。谷城さんの時みたいに、誰かに迷惑をかけていなければいいけれど。そんな心配をしていた。

そのうち帰って来るだろうと、待っていた。でも待ちきれなくなって、私は外へ探しに出た。早く話したい。それもある。でも「本当に帰って来るのかな」ふと、そんなことを思ったら、居ても立ってもいられなくなった。

家の周辺を歩いて探した。三人で行った美味しい焼き肉屋。本日マヨネーズが特売の近所のスーパー。何処へ行っても神様は見つからない。一度家に戻ってみよう。なんて気は起きないのに、神様がどんどん遠くへ行ってしまうような気ばかりして焦る。

私は走り出していた。それは、谷城さんのマンションがある方向だった。

「おーい、神木ちゃーん！」

脇道から急に呼び止められて、振り返った先にコタツ君がいた。

「どうしたの？　そんなに慌ててさ」

「ねぇ。神様に会わなかった？」

人間の神様と面識があるコタツ君は「会ってないよ」と首を振った。

「探してるの？　あんな変わった人、すれ違っただけでも分かるけどな。こっちには来てないんじゃないかな」

「そっか。……実は、猫も探してるんだ。家から急にいなくなっちゃって」

「どんな猫？」

「たぶん、マヨネーズを持ってる」

「マヨネーズを銜えて逃げたの？　魚じゃなくて？」

「それからね。なんて言うか……狸みたいな猫なんだけど。猫というかもう狸みたいな……。そんなの見なかった？」

狸を探してる、と言いたいところだけど。こんな住宅街でそんなことを言ったら怪しまれてしまう。

「どんな猫だよ。それもう狸じゃん。神木ちゃん、面白い猫飼ってるんだね。悪いけど見なかったよ」

「……そっか。ありがとう」

こっちには来てないのかな。

「一緒に探してあげたいけど。実は俺も今、人を探してるんだよね」

「そうなんだ。どんな人？」

「長い黒髪で、清純な女子大生って感じの人。たぶんコーヒー持ってると思う。見なかった？」

犬の散歩をしている人とすれ違った記憶しかない。私は首を横に振った。

「その人の連絡先は知らないの？」

「それが。コンビニの常連さんで、名前も知らなくてさ」

赤くなるコタツ君の顔を見てピンときた。

「好きな人、だね？」

「あはは。バレた？」

相変わらず分かりやすい。

「一目惚《ひとめぼ》れなんだよね。実は俺、高校の時にも一目惚れした人がいてさ」

電車通学だったというコタツ君は、毎朝見かける違う制服の女の子に恋をしていたという。

「何も言えないまま卒業したんだけど。大学入っても、その子のことが忘れられなかったんだ。だからもし偶然、何処かで会えたら声かけようって決めたんだけど。決めた途端に、会えたんだよね」

「それは、すごいね」

「うん。すごいんだよ。先輩が、最近できた彼女を紹介するって連れてきたのが、その子だったからね。念願だった声をかけたよ。初めましてって」

社交的で友達も多いというコタツ君が、声もかけられずに想い続けていた人と、そんな切ない過去があったなんて。

「毎朝同じ電車に乗ってたのに。何も言えなかったこと、すげぇ後悔してさ。立ち直れないってくらい落ち込んでたけど。コンビニであの人に出会って、次に進もうって前向きな気持ちになれたんだよね」

俺を救ってくれた女神だ。恥ずかしそうにコタツ君は言う。

「だから決めたんだ。あの人には絶対、告白しようって」

バイト中は出来ないから休みのこの日に、いつもコーヒーを買いに来る彼女をコンビニ前で待ち伏せていたけれど、いくら待っても来ないから探しているらしい。

「今度こそ絶対、気持ちを伝えるんだ」

「会えるといいね」

「うん。神木ちゃんも猫、見つかるといいね。見かけたら連絡するよ」

去っていくコタツ君に手を振り返す。どうか彼女が見つかりますように。そして、過去を乗り越えて次の一歩を踏み出したコタツ君の想いが、どうか届きますように。私は神に祈った。頑張れコタツ君。きっと会えるよ。この世に神様は、ちゃんといるからね。


神様が見つからないまま、谷城さんのマンションに到着した。

私は周辺を見て回った。途中ですれ違った人に、神様と似たような気配を感じた。全身黒いロックな出で立《いた》ちのその人は、神様とは似ても似つかない。なのに何故だか気になって目で跡を追っていたら、散歩中の犬に吠えられて逃げるように走っていってしまった。

ここにはいない。そう思っても、私は神様を探し続けた。辺りがすっかり暗くなった頃に谷城さんが帰ってきて、すっかり冷えた私の身体を心配した。

部屋に入れてもらい、温かいカフェオレをご馳走になる。マグカップを持つ冷たい両手が解凍されていき、立ち上る湯気の向こうで今朝の神様を思い出す。

いつものように「おはよう」と言った神様は、出かける私に手を振った。見送ってくれたのは初めてで、大仕事が控えている私を激励してくれているのだと思っていた。

「ポコ侍はもう、帰ってこないかもしれません」

家に帰ったら神様がいて、何食わぬ顔で寛いでいる。そんな風にはどうしても思えない。あの時振った手は「さよなら」だったのかもしれない。

「ポコ侍は言ってました。住処は自分で決めれるんだって。うちを出ていくって言うなら、私は引き留めるつもりはありません」

別に神様は、家族じゃない。

「でも、このまま会えなくなるのは嫌なんです。私にはまだ、話したいことがあるんです」

友達じゃない。恋人でもない。ちゃんと分けているのに私のおかずを盗んで食べちゃうし。色気が無いと下着に文句をつけるし。谷城さんをずっと弁当屋だと呼んでいるし。

掃除してくれるから、お陰で毎日きれいなお風呂に入れて疲れが取れるし。誰にも言えないようなことでも、神様になら話せたし。いつも私の話を聞いてくれて、辛いときは誰よりも側にいてくれた。

これでお別れだって言うのなら、最後まで話を聞いてほしい。「ありがとう」って言わせてほしい。神様が出て行った確証は何一つ無いのに、寂しくて仕方がない。どうか気のせいでありますように。これは誰に願えばいいいんだろう。

「行こうか」

「もう帰ろう」とも「探しに行こう」とも言わない谷城さんは、そう言って私にマフラーを貸してくれた。月が浮かぶ冷たい夜の道を、私達は手を繋いでどこまでも歩いた。

◆

「会えるといいね」

「うん。神木ちゃんも猫、見つかるといいね。見かけたら連絡するよ」

神木に勇気づけられた小宮は、再び足を進めた。アルバイト先のコンビニによくコーヒーを買いに来る、清楚《せいそ》な女子大生風の女の子を探すために。

一目惚れだったが、新商品のドリンクをお勧めしたした時「あたいは粋な飲み物しか飲まないのさ。何だか分かるかい。それはコーヒーだよ！」と返した、見た目とギャップのある活気の良さに心を撃ち抜かれて、すっかり恋に落ちた。

もう後悔はしない。絶対に告白する。そう決心した小宮だったが、肝心の相手が見つからないまま陽は沈んでいく。今日は諦めるかと踵を返し、交差点に差し掛かった時。視界の隅に白いワンピースと紺色のジャケットを着た、長い黒髪の女の子が入った。見つけた。あの人に間違いない。

信号が青に変わった瞬間、小宮は走り出した。そして女の子を追いかけるように裏路地へ入る。

ところが、そこにいたのは女の子ではなく、一匹のリスだった。それは前に先輩から、彼女と行った北海道旅行のお土産にもらったエゾリスの縫いぐるみとそっくりだ。彼女は何処へ行ってしまったんだろう。それにしても可愛いな。どうしてこんなところにリスがいるのか。不思議に思いながらも、その可愛さに目を奪われる。

そこへ他の動物が二匹もやってきた。一匹はタヌキだった。もう一匹は見たことのない動物で、その表情は笑っているように見える。

この辺には遊園地はあっても、動物園はないんだけど。どこから逃げ出してきたんだ？　しっかし可愛いなぁ。すっかり癒《いや》されている小宮に、エゾリスが小さな手を振った。

うわぁ。可愛い！　あの子にも見せてあげたい。そうだ、写真を撮ろう。小宮は慌ててスマホを取り出した。カメラアプリを起動してレンズを向ける。しかし何も映らない。三匹は逃げてしまったようで、その姿はもうどこにもなかった。

女の子も動物達も見失い、路地に残された小宮は頭を掻いた。

「そういや神木ちゃん。狸みたいな猫を探してたな。でもあれは、狸だったよな……」

神木に連絡をするべきかどうか、小宮は迷っていた。


「森の神。あの小童とは知り合いか？」

タヌキの問いに、エゾリスが「まぁね！」と頷いた。

「あれは恋をしておるな。それがしがその縁、結んでやってもよいのだぞ」

「マヨネーズつけた口で何言ってんだい。お門違いってもんだよ。あたいが溺れるのは恋じゃなくてコーヒーさ。ところで島の神さん」

「へい」

エゾリスが振り返った先で、クアッカワラビーがにっこり笑う。

「さっきからパリパリうるさいけどさ。あんた、これからどうすんだい？」

「あっしは、島から島へ渡るだけでござんす」

「そうだね。しっかり縁は結び付けてきたんだ。これで縁の神も文句は言わないよ」

「うむ。また捕まらないうちに行くでござる。達者でな」

「へい。では山の神の旦那。森の神の姉さん。あっしはこれで」

ポテトチップスを軽快に齧る音を残して、クアッカワラビーは姿を消した。

「山の神さん。お月さんが出てきたよ。月はあっても縁はツキないってね！」

「また会う事もあるだろう。さらばだ森の神」

冷たい北風に吹かれたタヌキとエゾリスは次第に薄まっていき、溶け込むようにしてその姿を消していった。

あとがき

縁があれば、またどこかで。『さよなら』から二年。神様らしいことは何もしない自由奔放な神様達《たち》の御浮遊記が帰ってまいりました。

ポコ侍シリーズ第四弾『おはようの神様』をお手に取ってくださりありがとうございます。でもまさか、またこの物語が書けるとは思っていなかったので、喜びよりも驚きの方が大きかった鈴森丹子《すずもりあかね》です。続編を待っている人がきっといる。いるに違いないと信じて書きました。なので言わせてください。お待たせしました！

え、これシリーズものだったの？　知らなかった……という方でも大丈夫です。物語は一冊で完結しますので、これから読む方はどうぞこのまま序章へお願いします。

実は第三弾を書き終えた後に、第四弾のお話も頂いておりました。それまで書いたことのなかった恋愛小説（だと思っています）を立て続けに書かせてもらえたのは嬉《うれ》しかったし、何より楽しかったです。でもどういう訳か、してもいないのに恋愛疲れに陥ってしまいどうしてもこの物語に向き合えなくなっていた私は、続きは書けないと断念。またポコ侍を書きたいと思えるようになった時には年月が過ぎていて、もう書かせてはもらえないだろうと諦めていました。なので、またこうして皆様のおかげで神様達と会えたことが本当に嬉しいです。感謝の気持ちを込めまして、新しい神様が仲間入りしました。構想の段階ではキレイ好きな山の神様を見習って、お箸を使ってポテトチップスを食べていた島の神様ですが……。指を舐《な》めてましたね。お行儀の悪い神様ですが笑って許してください。

今回盛り込んだテーマは「過去」。良くも悪くも過去があって今がある四人の主人公達の悩みに寄り添う神様は、心に生じる隙間に絶妙な角度で入り込んでいきます。手足は出さず尻尾をちょっと出すだけの距離感で見守る。人の望みが生むチカラを信じている神様だからこそ出来る好き勝手です。良い子はマネしないでください。

舞台を遊園地にしたことで、テーマパークでアルバイトをしていた経験が活《い》かせました。ジェットコースターのようなラブロマンスではありませんが、小さな動力が少しずつ、ゆっくりと歯車を回していくこの物語を梨々子《りりこ》様のイラストと一緒に楽しんで頂けましたら幸いです。

本当は書きたかったけれど入れられなかった川の神様も、また会いたいので諦めずにいようと思います。それでは。縁があれば、またどこかで。

本書は書き下ろしです。

メディアワークス文庫

おはようの神様《かみさま》

鈴森丹子《すずもりあかね》

2019年6月25日　初版発行
2024年6月15日　5版発行

発行者　山下直久
発行　株式会社**KADOKAWA**
〒102 - 8177　東京都千代田区富士見2 - 13 - 3
0570-002-301（ナビダイヤル）
装丁者　渡辺宏一（有限会社ニイナナニイゴオ）
印刷　株式会社KADOKAWA
製本　株式会社KADOKAWA

●お問い合わせ
https://www.kadokawa.co.jp/（「お問い合わせ」へお進みください）
※内容によっては、お答えできない場合があります。
※サポートは日本国内のみとさせていただきます。
※Japanese text only

※定価はカバーに表示してあります。

Printed in Japan
ISBN978-4-04-912581-8 C0193

メディアワークス文庫　https://mwbunko.com/

本書に対するご意見、ご感想をお寄せください。

あて先
〒102-8177　東京都千代田区富士見2-13-3
メディアワークス文庫編集部
「鈴森丹子先生」係

アリクイのいんぼう1〜3

鳩見すた

あなたの節目に縁を彫る。ここは
アリクイが営むおいしいハンコ屋さん。

「有久井と申します。シロクマじゃなくてアリクイです」

ミナミコアリクイの店主が営む『有久井印房』は、コーヒーの飲めるハンコ屋さん。

訪れたのは反抗期真っ只中の御朱印ガール、虫歯のない運命の人を探す歯科衛生士、日陰を抜けだしウェイウェイしたい浪人生と、タイプライターで小説を書くハト。

アリクイさんはおいしい食事で彼らをもてなし、ほつれた縁を見守るように、そっとハンコを差し伸べる。

不思議なお店で静かに始まる、縁とハンコの物語。

ときめきフォカッチャ

ハリネズミと謎解きたがりなパン屋さん

鳩見すた

ハリネズミのフォカッチャが導く、彼と彼女のおいしい謎解き物語・第2弾。

僕が一目惚れしたのは“さざいな謎”を愛する、ちょっと不思議なパン屋の店員さん。

「返事は桜の季節にください」

そんな麦さんに想いを打ち明けた正月も過ぎ、僕らは再び「日常の謎」を紐解いていく。消えたしゃもじに、誰も知らない透明少女、そして麦さんの出生に隠された、計り知れない愛の秘密。パンとコーヒーと“ハリネズミ”とともに、今日も僕らのおいしい謎解きが始まる——。

フォカッチャが初めての恋にときめくと、約束の春はすぐそこに。

メディアワークス文庫

第25回電撃小説大賞《メディアワークス文庫賞》受賞作

ふしぎ荘で夕食を ～幽霊、ときどき、カレーライス～

村谷由香里

応募総数4,843作品の頂点に輝いた、感涙必至の幽霊ごはん物語。

「最後に食べるものが、あなたの作るカレーでうれしい」

　家賃四万五千円、一部屋四畳半でトイレ有り（しかも夕食付き）。

　平凡な大学生の俺、七瀬浩太が暮らす『深山荘』は、オンボロな外観のせいか心霊スポットとして噂されている。

　暗闇に浮かぶ人影や怪しい視線、謎の紙人形……次々起こる不思議現象も、愉快な住人たちは全く気にしない——だって彼らは、悲しい過去を持つ幽霊すら温かく食卓に迎え入れてしまうんだから。

　これは俺たちが一生忘れない、最高に美味しくて切ない“最後の夕食”の物語だ。

メディアワークス文庫